破賢《はけん》の魔術師

I am a HAKEN.

うめきうめ
Umekiume

ナユ・ハナヤ
JOB：？？？
18歳。露出度の高い
和装ドレスを纏う黒髪の美少女。
タヒト・ディエ
JOB：はけん
25歳元派遣社員。
理不尽に会社をクビになった経験から、
理不尽な行いは見過ごせない……
が、扱う「破賢魔法」はわりと理不尽。
ユキ
JOB：フリーランス
手違いで召喚されてしまった猫。
異世界人というだけで
無差別に攻撃してしまう。
ツララ・シラユキ
JOB：賢者
17歳。美貌と知性、
高い運動能力も備えた完璧少女
（性格を除く）。猫が好き。

ルーツ・ブロード
JOB：無職
童顔金髪の異世界人。無職ながら高い戦闘能力を持つ双剣使い。ピンチに弱い。
ハジク・コトワリ
JOB：戦士
コトワリ兄妹の兄。ノリは体育会系だが天然という面倒な性格。義理人情に篤い。
勇者のおっさん
JOB：勇者
日本ではホームレスだった51歳。勇者になるというとびっきりの下剋上を果たす。
シズク・コトワリ
JOB：僧侶
コトワリ兄妹の妹。お馬鹿な兄へのツッコミ役になることが多い元気娘。
CHARACTER

1　職業授与は突然に

「魔法使い！」

「おおっ、早く使ってみたい！」

「武道家！」

「ま、そうだろうな」

「僧侶！」

「えぇ〜、私にできるかなぁ……」

「盗賊！」

「は？　まじで？」

大広間に並んだ長い人の列が、少しずつ前に進んでいく。

列の先、人々を待ち受けるのは神官である。神官は次々と人々に職業を告げていった。そのお告げに対する期待か、あるいは畏《おそ》れか、列に並ぶ者達の表情は様々である。

先々の人生を半ば決定付けるに等しい職業の宣告。淡々と告げられるその一言によってある者は歓喜し、ある者は当惑し、ある者は落胆し……そして、それぞれの旅を始めるのだった。

† † †

気付いたら俺は、見たこともない建物の中にいた。

白塗りの壁と乳白色の床。見渡す限りが白色で覆われ、目がちかちかする。それが第一印象だった。ピカピカに磨き上げられた床には、赤と青の花を刺繍《ししゅう》した絨毯《じゅうたん》が延びている。一本道のように続く絨毯の上を、様々な表情を浮かべた人々が列をなしていた。

そして俺もその一人である。

更に、そんな俺……いや、俺達を取り囲むように鎧兜をまとった者達が立っている。隙間なく二列に配置され、険しい顔のまま微動だにしない彼らからは、「決して逃がさない」という明確な意思が感じられた。

上下スウェットという朝起きた時の格好のまま、俺はここ……どこかの城の大広間のような、神殿のような場所に立っていた。そう、俺は寝ていた訳ではなく、確かに起きていた。だからこれは夢じゃない。

起き抜けに朝食を温めようと、調子の悪い電子レンジのスイッチを入れた。いつも通りの異音がし始めたので、いつも通りの調子で軽く叩く。いや、ちょっと仕事のことでイライラしていたから、多少スナップが利いていたかもしれない。すると、会社であった嫌なことなど取るに足りないと嘲《あざ》笑《わら》うかのように、レンジは「チンッ」と軽く鳴って……

次の瞬間、俺はこの場所にいた。


ここはいわゆる「異世界」なのだろうか。

一瞬、現実のどこかにあるコスプレ会場かという線も考えた。

けれど、馬鹿でかい城のような建物や、数百人はいるだろう騎士、何よりレンジの「チン！」でここまで来た移動手段を考えると……とても現実的な場所とは思えない。

「異世界にきちゃいました」のほうがまだ納得できる。というかむしろそのほうが良い。いやそうであって欲しい。

……俺の名前は出家旅人《でいえたひと》。二十五歳。職業はサラリーマン。

サラリーマン――すまん、見栄をはった。本当は派遣社員。

まぁ、派遣社員もサラリーを貰っているし、あながち間違いじゃないよね？

俺の人生は、いわゆる負け組のレールの上にあった。根気がないのか運がないのか、同じ仕事は長く続かず就職と退職を繰り返し、気付いたら弱冠二十五歳で履歴書も職務経歴書もえらいことになっていた。

とても「キャリアを積んできました」とは言えない職歴。無論、そんな状態では正社員採用は難しく、結局は派遣社員になるしかなかった。

毎日毎日同じような作業の繰り返し。夢や生き甲斐なんてものはいつの間にか忘れていた。

兄は一部上場企業に就職し、若くして課長代理になった。同じ家庭で育ったというのに一体どこでこうも差がついたのか……

だから、そんな息苦しい現実から逃れられるような機会を、俺は密かに願っていた。

そう、異世界に飛んでしまうような機会を。

それにしても、こうも脈絡なく来てしまうとは思わなかったが……

「よぉ、兄ちゃん。あんたも日本人かい？」

前に並ぶ中年の男が話し掛けてきた。

ちなみに今、俺は列の最後尾にいる。おっさんは後ろから二番目だ。

「えぇ。みんな日本人――ですかね？」

「だろうな。日本語しか聞こえてこねぇ。奴らも日本語だったのには驚いたが」

奴ら――というのは俺達とは明らかに格好や髪の色が違う連中。こちらの世界の住人を指しているのだろう。つまりおっさんもこの世界を異世界だと認識しているのだ。おっさんのくせに、なかなか柔軟な思考の持ち主である。

「く……くふふ」

と、おっさんが突然笑い出した。

「どうしたんですか？」

「いやぁ、おかしくってね。本当に俺はラッキーだよ」

「え？」

「元の世界で、俺は何をしてたと思う？」

そう聞かれて、改めておっさんの格好を見る。

き、汚い……

ところどころ泥で汚れた上着に、「ダメージ」と呼べるレベルを通り越してズタボロのジーンズ。

元の色が分からないほど煤《すす》けて汚れた靴のつま先からは、おっさんの浅黒い指が覗いていた。

「はっはっ！　そう、ホームレスだ！」

「ホームレス……」

「そんな顔すんなよ。俺もあそこに行けば、職に就けるんだからな」

そう言ってホームレスのおっさんは、列の先頭にいる神官服の男を得意げに指差した。


この世界へ来てすぐ、物々しい騎士によって俺達は一列に並ばされた。

そして始まったのが、この職業授与だ。


「戦士！」

「次！」

「戦士！」

「次！」

「魔法使い！」

「次！」

「戦士！」

神官の叫びに従い、今も順に職業授与が行われている。居並ぶ百人ほどの俺達全てに、それぞれ適した職業が与えられるそうだ。それにしても多いな、戦士。

「賢者！」

そこで、広間にどよめきが起こった。

既に半分以上の職業授与が終わっている中で、初めて出た職業だ。

「賢者だ……」

「ああ……あの歳で。やはり〈旅行者〉は凄いな」

周囲にいる騎士達から、ヒソヒソとざわめきが聞こえる。

どうやら賢者は凄い職業らしい。賢者を告げられたのは、制服姿の少女だった。

ショートヘアのその女の子は、神官に告げられても眉一つ動かさず去って行った。

「見ろよ。ただ職が与えられるだけじゃねぇ。あんな女の子が賢者だとよ。運がよければ、俺だって人生逆転もあるぜ？」

おっさんは笑いを堪《こら》え切れないようだ。

そんなにうまくいくものか？　大体、このおっさんは賢者って何か知ってるのか？　異世界といっても元はホームレス。人間、分相応《ぶんそうおう》というものがあるだろ。

「それでな、聞いてくれよ……」

それからはおっさんの苦労話とこれからの夢が延々と続いた。やれ戦士になったら武器は槍が良いだの、魔法使いなら最初は氷系の魔法を覚えたいだのと無邪気に語る。

おっさんが話せば話すほど、フラグにしか聞こえてこない。

もうそれくらいにしとけ、おっさん……

「次！」

そうこうしている内に、ようやくおっさんの順番が回ってきた。

神官に呼ばれ、前に出るおっさん。

先ほどまでの勢いはなく、表情は強張り、ゴクリと生唾を呑む音まで聞こる。緊張しすぎ。

神官がすっと彼を指さし——叫んだ。


「勇者！」


大広間がしーんと静まり返る。

そして——

「「「オオオオオォォォォ!!」」」

凄まじい歓声が上がった。

「おい、出たよ！　勇者！」

「あぁ！　今回もダメかと思ったが……きたな！」

騎士達もテンションが上がったのか、今度は声を控えようともせず喜色を浮かべて騒いでいる。

よく見ると勇者を任命した神官も小さくガッツポーズをしていた。「うしっ！」とか言ってる。

俺はただ茫然《ぼうぜん》とその光景を見ていた。

嘘だろ？　だってあの小汚いおっさんが勇者だぞ？　信じられない。

おっさんは俺以上に茫然としていたが、やがて我を取り戻したのだろう。

「ううぉぉしゃあああああーーー!!」

盛大な雄叫びを上げた。

あっという間に人垣ができる。

「兄ちゃんもがんばんなよ！」

おっさんは去り際、そう言ってポンポンと俺の肩を叩いた。

……一体何をがんばれというんだろうか？

俺にできるのはただ宣告を待つだけである。どうしようもない。

「次！」

神官が俺を呼んだ。広間には勇者おっさんの誕生によるどよめきと興奮が広がっていた。

だが次第に、みなの関心が最後の一人である俺に集まってくる。

おい、あまり期待するな。俺だぞ？　気恥ずかしくて俯くと、肩……おっさんに叩かれた辺りに、彼が残した熱のようなものを感じた。

いや……おっさんは目の前で奇跡を見せてくれた。ホームレスから勇者という起死回生の大逆転満塁ホームラン。なら、俺にだってそんな可能性も……あるだろ？

俺は意を決して神官の前に進み出た。

――来い！　俺にも何か……人生を変える、特別な何か！

神官が俺を指差す。そして躊躇《ちゅうちょ》なく叫んだ。

「はけん！」

2　破賢魔法って何？

は、はけん？

瞬間、脳裏に浮かんだのは二つの言葉。すなわち、「覇権」と「派遣」だ。

全然意味合いは違うんだけど、それ以外の単語を俺は知らない……

「はけん……なんだそれ？」

「いや、聞いたことないぞ」

先ほどの勇者とは明らかに異なる不穏なざわめきが起こっていた。

神官自身すらも「え？　何言ってんの俺」という困惑顔だ。

動揺している俺の元に、職業を与えられた転移者達が群がってくる。

「おいおい何だよそれ？」

「はけん？　はけんとか言ったか？」

「レアな職業かもしれないわ」

「確認してみろよ」

確認？　どうやってするんだ？

「あの……どうやって確認するんですか？」

「【リスト】って唱《とな》えれば、頭にいろいろ浮かぶよ」

一番近くにいた男がそう教えてくれる。

「なるほど……ありがとうございます」

とにかくやってみよう。

「【リスト】！」

すると、脳内に画面が浮かび上がってきた。

【名前】タヒト・デイエ　Lv1
【職業】はけん　Lv5

「文字が浮かんだら、もっと知りたいところに意識を集中させると解説が出てくるはず」

「は、はい」

言われた通り、「はけん」の部分に意識を集中させる。すると、新たな文字が浮かび上がってきた。それはあまりにも短い解説だった。

【職業】はけん　Lv5　▼はけんしゃいん

「はけん……しゃいん」

思わず呟いてしまったのも仕方がないと思う。

「ぷっ」

どこからか、失笑が漏れる。それを皮切りに、盛大な笑い声が巻き起こった。

「くっ……ははは！　元の世界引きずりすぎ！」

「マジで？　そんなのあるの？　笑える」

「一瞬でもレア職業だと思った自分を殴りたい」

あぁ、よくよく考えたら「覇権」なんて職業あるはずない。

俺も自分を殴りたくなってきた。

打ちひしがれているところに、神官が追い打ちをかける。

『『はけん』が何かは分からないが……皆のこの様子を見るに、はずれ職のようだな」

「はずれ職って……そんなのあるんですか？」

「きわめて稀《まれ》だよ。二度も続くなんて前代未聞なんだが……確か『にいと』とかいってたか、前回は」

ニートっておまえそれ……職業ですらない。

俺の『はけん』も、そんなのと比較されるレベルの職業なのか？

† † †

職業授与を終えた者から順に、別の部屋へと誘導されていた。俺も最後の一人としてその部屋に足を踏み入れる。

白を基調とした石造りは先ほどと変わらないが、常識的な広さの部屋だ。

今度は床全面がふかふかの絨毯張り。壁には高貴な身分と思しき男性の肖像画や何かの動物の顔を模《かたど》った金色の装飾品が掲げられている。取り囲む騎士の数こそ減ったものの、彼らはより上位の者に与えられるような風格の鎧兜をまとい、厳《いかめ》しさを放っていた。

格調高い部屋なのかもしれない。おっさんや賢者の少女も既にそこで待っていた。

「よぉ、兄ちゃん！　良い職業もらえたかい？」

「いえ……あまり良くないみたいで」

「そうかぁ……まぁ元気だせよ！　せっかく人生変わったんだから」

俺の職業は変わってないんだけど——

勇者おっさんの笑顔が眩しすぎて、その言葉は出てこなかった。

突然、ダァーンというドラの音が響く。

すると、部屋の奥の扉から、豪奢《ごうしゃ》な冠《かんむり》を被った男が現れた。見た目は六十歳ぐらいの威厳あふれる佇まい。左右に騎士を従えた男は、堂に入った足取りで白いマントを靡《なび》かせながら、居並ぶ俺達の前に立つ。そしてゆっくりと俺達を見渡した後、白い顎髭《あごひげ》を軽く撫で、口を開いた。

「ようこそ……という言葉は相応《ふさわ》しくないかもしれないが、敢《あ》えてそう言わせてもらうとしよう。ようこそ、異世界の諸君。私がこの国の王、ハロルド・ルーデン。我らが住まうこの世界《ラフタ》でも五指に入るであろう規模を誇る国家《ルーデン》の全てを司る者だ。そして……そなたらをこの世界へ招いた者でもある」

国王の言葉に、ざわめきが起こった。

理由は二つ。一つはここが異世界だと確定したこと。「もうそれしかないだろ」と思いつつも、未だそのことを受け入れられずにいた者がいたようだ。実際、職業を与えられた際もここがどこであるかという説明は一切なかったのだ。

もう一つは彼が俺達をこの世界へ招いたという事実。彼は国王であるらしいから、「彼が」と言うより「この国が」と言ったほうが良いかもしれない。

俺達は何かの事故や偶然でここへ来た訳ではなく、この国の意思によって連れてこられたのだ。

——一体何のために？

そんな疑問を察したように、王様は述べた。

「そなたらには、《ラフタ》に跋扈《ばっこ》するモンスター共を駆除してもらいたい」

先ほどよりも大きなざわめきが起こるが、構わず王様は続ける。

「一歩街の外へ出れば分かることだが……この世界はモンスターで溢れている。人よりも強く、人よりも数に優る奴らは、何をも恐れない。そればかりか大抵のモンスターは真っ先に我々人間を襲ってくる。民はうかうか外へも出られず、川の水汲みにさえ命を懸けなければならない」

話しながら、王様の表情が徐々に険しくなっていく。

「もちろん我等も手を打ってこなかった訳ではない。力と知恵を絞り、時には国家を超えて協力し、モンスターを退けている。だが……それにも限界があるのだ。奴らを滅ぼすにはほど遠い。足りないのだよ……数も力も。絶対的に」

王様は苦々しい顔で拳を握り締めた。少し芝居がかってきたように思える。

「そなたらは先の職業授与で天職を告げられたはず。気付いた者もいるかもしれぬが……どれも戦闘能力に優れた職であったろう？　当然だ。そのような才を持つ者を選んだのだから」

俺達をぐるっと見渡し、王様は満足げに頷く。

「我が王家に伝わる秘伝の魔法によってそなたらは選ばれた。この世界における魔法とは理《ことわり》そのもの。嘘、偽り、間違いはない！」

——俺のはずれ職は間違いであって欲しいのだが……

「諸君らにはその超常なる力を以《もっ》て、蔓延るモンスター共を討ち滅ぼし、この地に安息の時をもたらすのだ！」

バッと片手を広げ、王様は力強く言い切った。

目を閉じながら恍惚《こうこつ》とした表情を浮かべている。己の演説に酔っているのかもしれない。

たっぷりと余韻を楽しんだ王は、目を開けちらりと脇に視線をやる。王の傍にはいつの間にか、頭の禿げた小男が控えていた。

「あとの説明はこのジェネルに任せる。それでは諸君、良い『旅』を」

それだけ言うと、王様は二人の騎士と共に退室した。

呆気にとられる俺達の目の前には、禿げた小男。ジェネルと呼ばれたその男は、集まる視線に緊張したのか、胸から取り出した布巾で額の汗を拭ってから話し始めた。

「大臣のジェネルです。ここからは私が説明をいたします。まず、ここはあなた方の世界とは異なる、ということをご認識頂きたい。あなた方は――」

ジェネルは淡々と説明を始めた。王様が既に話した部分も補足を入れながら再度、丁寧に説明していくジェネル。王の説明は一体なんだったのか。

ジェネルの話を要約するとこうだ。

この異世界は、名を《ラフタ》といい、ここに跋扈《ばっこ》するモンスターを倒すために俺達は召喚された。何故なら俺達のような転移者は、高い確率でモンスター討伐に適した職を得るからだ。

俺達のことをこの世界では〈旅行者〉と呼ぶらしい。

召喚される人物の年齢、性別はランダムだが、日本人であるということは共通している。日本人の潜在的な身体的性質やら文化やら諸々の要素がこの世界と親和性が高いため、数年毎《ごと》に召喚元に利用されているらしい。

こういうの好きだもんな、俺達……

モンスターを倒すことで個々のレベルは上がり、より強力なモンスターを倒せるように強くなっていく。レベルには、身体能力や魔法力の強さを示すレベルと、職業の熟練度を示すレベルがあるらしい。どっちもゲームなんかではおなじみといえるが……俺は「はけん」の職業レベルを5まで上げた記憶は無い。

この世界にも塔やダンジョンがあって、効率的なレベリングにおススメらしい。

そして冒険者ギルドもちゃんとある。俺達〈旅行者〉もそこで依頼を受注し、達成して成功報酬を受け取ることができるという。依頼には、個人だけでなく、国が出すものもあるらしい。達成難度と報酬によっては一攫千金、成り上がりも可能。過去の〈旅行者〉には、王にまでなった者もいるとか。また、ギルドには冒険者ランクがあり、一定ランク以上になると城へ報告に来る義務があるそうだ。

そしてもう一つ。

元の世界には、帰れないということ。

わりとあっさり告げられたが、皆の反応は鈍《にぶ》かった。俺もそこまでの動揺はない。

「召喚されたあなた達は、元の世界を不満に思っていたはずです。他の世界に行きたいと願っていたはず。王家の魔法は、その願いを叶えたのです」

なるほど、そういう共通点もあったのか。

どよめきもざわめきも起こらない。沈黙。つまりそれこそが、ジェネルの発言が真実である証拠なのだろう。

「支度金を用意してあります。それを受け取った者から旅に出てください。ここで仲間を募ってからでも構いません」

その発言の直後、あちこちでPT《パーティ》編成が始まった。

勇者のおっさんには人が群がり、姿が見えなくなるほどだ。おっさんと同じくらい人気なのは賢者の少女で、こちらも人垣ができている。その他ちらほらとウマが合った連中でPTが組まれていった。

俺はぽつんと一人、立ち尽くしていた。

そりゃあ誰も声なんて掛けてこないか。

「ねーねー」

「え？」

きた！　それも女の子二人！

二人とも茶色がかった髪と焼けた肌。セミロングとボブカットという髪型でしか見分けがつきそうにないくらい似ている。もしかしたら姉妹なのかもしれない。

「あなた、はけんの人でしょ？」

「えぇ……まぁ」

セミロングの子の言い方に何となくひっかかりを覚えるが、間違ってはいない。

「やっぱりそうだー。あのさぁ、皆馬鹿にしてるけどぉ、その職業、実は強いんじゃない？」

「あるあるー。そういうのあるよねー」

すかさず相槌を打つボブカット。

「そ、そうなんですかね？」

「そそー。凄い魔法とか、スキル？　とかー。あるかもしんないじゃん」

確かに。はずれ職と決めつけていたけれど、そういう可能性はある。俺だって王家秘伝の魔法によって選ばれたはずなんだ。

一縷《いちる》の望みを得た思いで、慌ててリストを確認してみる。

魔法を意識した途端、新たな文字が目に入った。

【名前】タヒト・デイエ　Lv1
【職業】はけん　Lv5
【魔法】破賢魔法

「……破賢《はけん》魔法？」

俺が思わず呟くと、女の子の二人がすかさず食いついてきた。

「なにそれ!?」

「やっぱり凄いんじゃない!?　どんな魔法なの？」

言われるまでもなく、【破賢魔法】の項目に意識を集中する。

【破賢魔法】
・遅刻　▼焦る
・早退　▼時間に捉われない帰宅
・有給　▼働いたことになる（七日で一回チャージ）。10／40

「……ちこく」

「え？　なんて？」

セミロングが残酷にも問い返す。言いたくねー。

「【遅刻】【早退】【有給】……」

女の子達の食い気味のテンションが急激に下がっていくのが分かった。もちろん、俺のテンションもだ。効果を読み上げたあとには、彼女達は全力で引いていた。

「へ、へぇー……ま、がんばって！」

セミロングが控えめに言うと、ボブカットに視線を移す。

「あ、あっち行ってみよっかー」

「そうだねー」

足早に去っていく二人。僅か一分で俺を見切ったのだ。

文句は言えない。立場が逆であれば俺もそうするかもしれないのだから。

それにしても……破賢魔法ってなんだ？

賢さを破る？　……つまり、馬鹿？

いや、【遅刻】はともかく、【早退】や【有給】は馬鹿とは言えないだろうに。

それとも別の意味があるのだろうか。職業レベルが最初から5というのもおかしい。

もしかして元の世界の経歴が作用した……とか？

そういえば、仕事を辞める頃になると、遅刻や早退が多かった。

残っていた有給も全部消化していた気がする。

……仮説が有力すぎて情けない。

少し待ってみたが、結局あれ以降声は掛からなかった。

俺から声を掛ける訳にもいかないし——諦めるか。

落ち込みはしたが、切り替えは早い。何せ、こういうことには慣れている。俺が退職を決意する時の理由ランキング第三位は、「気付くと孤立している」なのだ。

さっさと支度金をもらって出よう。

ジェネルの元へ支度金を受け取りに行くと、ちょうど賢者の少女も一緒だった。

あれ？　……一人？　大勢に囲まれて勧誘されてたみたいだけど。

不思議に思って眺めていると、目が合ってしまった。少女は無表情のまままついと俺から視線を逸らし、やはり一人で城を去っていった。気が強そうな子だ。

3 神魔法

城門を出て歩きながら、支度金の中身を確認する。

「1万……マーク札？」

単位は「マーク」というらしい。

1万マーク札が九枚に、1000マーク札が十枚……全部で10万マークか。

10万マークがイコール10万円なのかは分からないが、とりあえず相場を探りつつまずは宿を見つけないと。そんな風に思いながら、城下に広がる街を歩き始める。

「和洋折衷《わようせっちゅう》……か」

ぐるりと街並みを見渡した感想だ。

石造りやレンガ造りの建物と、木造の建物とが混在している。石やレンガの建物が七に対して、木造が三といった割合だろうか。中世ヨーロッパ風の時代を感じさせる建物に比べ、木造の建物のほうが比較的新しく作られたように見える。

道行く人々の髪の色は、多い順に金、茶、赤、白、そして黒。彫りの深い顔立ちの者もいれば日本人にしか見えない者もいる。共通しているのはヒト種であること。エルフやドワーフのような異種族は見られなかった。

間断なく往来する人々の格好は、薄布のシャツや質素なズボンといった者が多いが、中にはジャケットを着込んだ裕福そうな紳士や、何かの流行なのか不自然な形状のスカートを穿《は》いた女性もいる。だが一番目を引くのは、武装している者達だ。剣や弓矢、杖を携えた彼らは、いわゆる冒険者というやつだろうか。彼らとすれ違うたびに、鎧や靴が擦れる金属音が鳴った。

そんな街の光景を見ていると、次第に異世界へやってきたという実感が湧いてくる。

少し、ほんの少しだけ、心が躍った。


うーん。宿屋を探しているんだけれど、どれが宿屋か分からない。

武器屋や防具屋、雑貨屋、ギルドらしき建物もあった。モンスターの跳梁《ちょうりょう》に困っているだけあって、冒険者の需要に応えた結果がこの街並みなのかもしれない。

ふと目に留まった武器屋を覗いてみる。

どれどれ、店頭の武器のお値段は――げっ！　軒並み五桁から六桁、ウン万からウン十万マークもするらしい。店の端にあった棒切れのような杖で、５０００マーク。仮に５０００円だと思うと高すぎる。

いずれにしても今は買えないかな……。宿を優先しよう。

散々歩き回ったが、最終的に道行く人に尋ねて宿屋にたどり着いた。

聞けばそこら中にあったようで、気付かずに素通りしていたみたい。

最初から人に聞けば良かった……ＲＰＧの基本だ、基本。

宿屋の受付には、恰幅《かっぷく》の良い強面《こわもて》の親父が立っていた。

「一泊500マーク。三食付で1000マーク」

宿屋の親父はぶっきらぼうにそう言う。前払いらしい。武器や防具の値段に比べて一泊の料金が安い気もするが、そんなものなのかもしれない。

「二食ならいくらですか？　昼と夜で」

「あん？　えーと……」

親父は面食らっていた。予想外の質問だったのかもしれない。

朝を抜く派の俺にとっては、当然の質問だったのだが。

「……800？　800マークか？」

「三食が同じ値段なら833マークかと思います」

「お、おう。じゃあ833マークだ。あんた……計算得意なんだな」

「いえいえ。じゃあこれで」

支払いを済ませ、鍵を受け取り部屋に向かおうとしたところで、「ゆっくりしてけ」と親父が呟いた。

もしかして良い人？　と思ってしまったのは見た目とのギャップのなせる業《わざ》か。

計算が得意……ね。こんなことは元の世界であれば小学生でもできる。

そもそも俺の特技ってなんだっけ？

パソコンは……そこそこ使えたな。あくまでそこそこ。

事務職を目指して表計算ソフト「Excil《エクシル》」は勉強したが、まぁその程度だ。それに……表計算ソフトのスキルなどこの世界では全く役に立ちそうにない。
と、考えていた時だった……

ピロリーン♪
新魔法を習得しました！
【破賢魔法】
・Excil《エクシル》

なんだこれ……

†　†　†

部屋は六畳ほどの空間にベッドだけという簡素なものだった。
だけど、悪くない。一人で暮らすには十分過ぎる。
さて……使ってみるか、破賢魔法。
実は脳内画面で魔法リストを見た瞬間から試したくてうずうずしていたのだ。
少し変ではあるけれど、魔法は魔法。期待するなというほうが無理だよね。
それに、さっき覚えた新魔法も気になる。という訳で、さっそく画面を思い浮かべる。

【破賢魔法】
・遅刻　▼焦る
・早退　▼時間に捉われない帰宅
・有給　▼働いたことになる（七日で一回チャージ）。１０／４０
・Excil《エクシル》　▼考えが早くまとまる

【Excil《エクシル》】……わ、分からない。頭の中で表計算とかできるようになるんだろうか？　まあ、とりあえず上から順に使ってみるか。

使い方は――唱えてみればいいのかな？

よし！　と気合を入れて右手を掲げてみる。何事も形からだ。

「【遅刻】！」

右手から黄色い光が飛び出し、俺を包み込んだ。

おお、まさに魔法！

……あれ？　んー、なんだろ……まずい気がする。どうにかしないと本当にまずい。

何がまずいか分からないけど、とにかくまずいんだ！

あぁ！　どうしよう!!

心が落ち着かず、うろうろと部屋の中を回る。

そして――

「痛っ!!」

ベッドの角に足の小指をぶつけ、悶絶《もんぜつ》するのであった。

† † †

ふざけんなっ！　ただ「焦る」だけって！　なんだこの魔法、誰得《ダレトク》だよ！

もー。気を取り直して次、行ってみよう。

「【早退】！」

……何も起こらないな。

「【早退】！」

あっれー。やっぱり何も起こらない。もしかして、この宿屋が「家」扱いで、既に帰宅しているから何も起こらないとか？

んー……分からん。保留っ！

次はなんだ？　【有給】か……

さっきまで溢れんばかりだった魔法への期待は、既にどこかへ消え去ってしまっていた。

詠唱も適当になるさ。

「はいはい、【有給】【有給】」

目の前に、青い光が生まれる。その光は徐々に人の形をかたどっていった。

やがて光の中から姿を現したのは——俺だった。

目の前の俺は平然とした顔をしているが、間違いなく俺だ。

そっくりとか、そういうレベルじゃない。

更に驚くべきことに、そいつの視界が俺にも分かる。実際、その視界には俺自身が映っている。

要するに、俺が二体いて、二体の視界を共有でき、二体に俺の意識が宿っている。

頭がこんがらがりそうだが、そういう魔法らしい。

なんでこれが【有給】なんだろう。

まさか——この魔法で創造した体に働かせて、本体の俺は休むとか？

ちょっと無理矢理じゃない？　しかも意識は共有されているから、結局は俺が働いている気がする。だけど、だ。この魔法——凄いぞ。単純に二倍の効率で動けるってことだよな？　他にもアレコレ使い道がありそう。

ふふふ……少しぞくぞくして来たぞ！

そして、最後は新魔法の【Excil《エクシル》】。

この流れ——期待してる！

「【Excil《エクシル》】！」

これは…………神魔法だ。

4　ギルド

【Excil《エクシル》】を使っても、はじめはすぐに効果が分からなかった。

期待外れかと思って僅かに視線を動かした時——「情報」が一気に押し寄せてきた。

床の染み、ベッドの木目、光に照らされ舞う埃、心臓の鼓動、階下の喧騒まで。

意識しなければ普段は感じられない「情報」を認識し……しかも処理できている。これから起こることが全て分かりそうというか、起こりつつある事象が瞬時に情報処理され認知できているような、そんな気分。

この魔法は使える——そう直感した。

誰得の【遅刻】と保留の【早退】は置いといて、破賢魔法……やるじゃないか。

破賢の意味は分からないが、「常識破り」とかそんな意味かもしれない。とりあえず馬鹿でないことは分かった。いろいろ応用が利きそうだし、もっと他の魔法も覚えてみたい。

城での自分のテンションや周りの反応はさんざんだったけれど、そんなことはどうでも良くなってきた。ついに俺も、「異世界を楽しむ権利」を手に入れた気がしたから。

希望が見えてきたところで、ギルドにでも行ってみるとしよう。

外はまだ明るい。

「その格好で行くのか？」

意気揚々と親父に外出することを伝えると、そんな言葉が返ってきた。

そうだ、起きた時の格好のまま……上下スウェットなのをすっかり忘れてた。

これで街をうろついていたと思うと、今更ながら少し恥ずかしい。

だけど着替えも無いし――

「着替えないんだろ？　客の忘れ物で良かったら使え」

「え？　なんで――」

「この商売長いんだ。〈旅行者〉くらい見りゃ分かる。さっきの借りもあるしな」

おやじ……！


うーん、どれにしよう。

受付前のテーブルには、親父が持ってきた客の忘れ物が積み上がっていた。

当然、豪華な装備品などないが、それは流石に贅沢だ。

一応、魔法使いだからやっぱりローブかな。

色は……白か灰色しかない。できれば黒が良かったが、なさそうなので清潔感のある白に決める。

あとは、何か顔を隠すものがあれば――お！

目に留まったのは、白皮のマスク。うん、ローブとお揃いだし、良いんじゃない？

早速着替えてみよう。

おお――なかなか様《さま》になってる。

急に冒険している気になってきた。早くギルドに行きたい。

「ありがとうございました」

「気にすんな……ん？　何だそのマスクは」

「あぁ、顔を隠したいんです。目立ちたくないっていうか……」

「目立ちたくないってあんた……いや、なんでもない。気ぃつけてな」

「はい。行ってきます」

逸《はや》る気持ちを抑えつつ、親父に挨拶をして今度こそ宿屋を出た。

街を歩いていると、さっそく見覚えのある顔がいた。散々笑われたから、城で会った連中とはできるだけ絡みたくない。マスクをしたのは正解だったな。

「おーっし！　ギルドも登録したし、狩り行こうぜ！」

「うっしゃー！　俺の強さ見せてやんよ」

「早く魔法使ってみたーい」

わいわいやって楽しそうだこと。だけど――もう狩りに行くとはずいぶん早いな。

ＭＭＯＲＰＧのスタートダッシュ組みたいな連中だ。

死んだらどうするんだろう……ゲームでもないのに。ま、ぼっちの俺に心配されたくもないか。

盛り上がる彼らを横目にギルドへ向かった。


ギルドはベテラン冒険者の巣窟《そうくつ》……なんてことはなかった。

右も左も〈旅行者〉のルーキー。考えてみれば当たり前か……

ベテラン達はギルドの隅で俺達を眺めていた。

「ちっ、また来やがったか」

「うるさい奴らだ」

うーん、新参があんまり歓迎されないのはお約束通りか。

目立たないようにしよう。

受付のお姉さんも多くの〈旅行者〉を捌《さば》くのに忙しそうだった。

結構待たされた末にようやく順番が回ってくる。

「依頼を受けに来たのですが……」

尋ねると、職員用と思われる黒の制服をきっちりと着こなすお姉さんが、如何《いか》にも仕事ができそうな自信に満ちた笑みを向ける。後ろに束ねた美しい金髪とメガネという組み合わせに若干気後れした。

「レベルはいくつですか？」

「1です」

何とか返した俺の姿を確認して、小さく頷くお姉さん。

「〈旅行者〉の方ですよね。レベル5未満の方は依頼を受けることはできません」

「そうなんですか？　ではどうやって稼げば良いんでしょうか」

「モンスターを倒して素材を持ってきて頂ければ、ギルドで換金致します。換金モンスターリストはあちらにございます。無料ですのでどうぞご利用下さい」

お姉さんの指差す場所には、モンスターリストと思われる本が山積みになっていた。

「モンスターからのアイテム取得にはギルド専用魔法が必要です。この魔法の習得を以てギルドへの登録となります」

「専用魔法……それも無料だったり？」

「いえ、ギルド登録料は1万マークです。登録いたしますか？」

そんな虫のいい話はないか。

いずれ払わないといけない必要経費だ。ささっと払ってしまおう。

「お願いします」

「ありがとうございます。ではこちらの呪印《じゅいん》に手をかざして下さい」

そう言ってお姉さんは一枚の紙を差し出す。そこには魔法陣のようなものが描かれていた。

言われた通り、その魔法陣の上に手を乗せると――


ピロリーン♪

新魔法を習得しました！

【ギルド魔法】
・チェンジ

おお、本当に魔法を覚えた。凄いなコレ。

「魔法の習得はできましたか？」

「はい、終わりました」

「それではギルドクラスのご説明をさせて頂きます」

「ギルドクラス？」

「ギルドクラスとは、冒険者の方の累計獲得金額に応じて付けられるギルド独自のランクのようなものです」

「累計獲得金額……」

「クラスはこちらをご覧ください」

【クラス】　【獲得金額】
クラス1　▼0～100万
クラス2　▼100万～300万
クラス3　▼300万～1000万
クラス4　▼1000万～3000万

クラス5　▼3000万～1億
クラス6　▼1億～3億
クラス7　▼3億～

「クラスが上がれば受注できる依頼も増えます。当然ですが、高いクラスの依頼は報酬額も上がります」

億……上を見たらきりがない。当座の目標は雑魚を狩りながらレベル5に上げることか？

「初心者はどこで狩りをしたら良いですか？」

「PTを組んで《南の草原》へ行くことをおすすめします。お一人の場合は北の森でウサギ狩りが一般的ですね。あちらに周辺マップがありますのでお持ち帰り下さい」

「分かりました。ありがとうございます」

流石に手馴れてるなぁ。流れるような説明だった。

さて、ソロは北の森ね。装備を整えたら行ってみよう。

その前に換金モンスターリストと周辺マップを忘れずに。

積まれたリストに手を伸ばそうとしたところ、反対側からも手が伸びる。

――賢者の子だ。

「どうぞ」

彼女に譲って身を引いた。少女はリストを手に取り、一度こちらを見た後……やはり何も言わずに去って行く。相変わらず無愛想な女の子だな。
まぁ——近くで見ると、顔は綺麗だった。顔は。

5　武器屋にて

まずは武器。ということで武器屋へ向かう。

道すがら考えたんだが、俺の武器って何が良いんだ？

一応魔法使いだから杖だと思い込んでいたけど、良く考えたら攻撃魔法がないぞ。

杖で殴る？　なら最初から他の武器のほうが良いよな……

そもそも俺の魔法を使うのに、杖が必要なのか分からない。

「いらっしゃい」

迷いつつ武器屋の戸を潜《くぐ》ると、白髪のお爺さん店主が近付いてきた。

人の良さそうな笑顔だ。

「接近戦で使えて、軽くて小回りが利く武器を探しているんですが……」

「軽く……短い武器かねぇ」

「そうなりますね。できれば2万マーク以内で」

「ふむふむ。ちょっと待っておくれ」

現状、狩りで使えそうな魔法は【Excil《エクシル》】だけ。

その効果を最大限活用することを想定すると、武器は軽いものが良いと思う。

【Excil《エクシル》】の効果は思考の効率化。たぶん瞬時の判断が必要な接近戦で生きる魔法だ。

ただし自分の身体能力が強化される訳じゃないから、思考に体がついていけるような軽い武器が望ましい。せっかく思考が加速したのに武器が重くて体が追い付かないとかなったら意味ないからね。

「お待たせしたの」

店の奥に引っ込んでいたお爺さんが戻ってきた。

その手にあるのは短い――杖？　接近戦って言ったのに？　おじいちゃん、ぼけてる？

「あの……杖ですか？」

「あぁ、使うだろう、魔法？　見れば分かるよ」

「使いますけど――」

「魔法を使うなら杖は必須だよ。杖なしの魔法は危険だからね」

「え!?　そうなんですか？」

「やっぱり知らなかったようだね。多いんだよ、知らずに杖なしで魔法を使う〈旅行者〉」

お爺さんの話によれば、杖には魔法使いを支援する多くの効果があるらしい。

魔力消費の抑制、目標捕捉支援、魔法発動支援……。特に魔法発動支援は、魔法を確実に発動させるために不可欠らしい。逆に杖がないと「失敗」することがあるという。

「失敗するとどうなるんですか？」

「魔力が暴走して……症状はいろいろだが、腕が吹っ飛ぶのが多いかの」

あ、あぶない。宿屋で失敗しなくて本当に良かった。

杖が必要なのは十分に理解したけど……なら、もう一つ武器を買うか？

「教えてくれてありがとうございます。じゃあもう一つ武器を――」

「待て待てお前さん。その必要はないぞ。ここを押すとな……」

――カシュン。

そんな音と共に、杖の先端から剣が飛び出した。

「これは！」

「仕込み杖――『ソード・ステッキ』だよ」

おぉ！　ぴったりの装備じゃないか。

「おいくらですか？」

「本来は4万マークはするんだが……なかなか使い手がいなくてね。2万5000マークでどうだい？」

2万5000か。予定よりちょっと予算オーバーだけどこれを逃す手はない。

即決だった。

「買います」

「ほほっ、決断が早いね」

「迷っても先に進めないので」

「なるほど……この杖を即決とは面白い。これも持っていきなさい」

そう言って、お爺さんは商品の中から何かを拾い上げた。

差し出されたのはナイフだった。

「護身用の安物だが、ないよりマシだろう」

「良いんですか？　ありがとうございます」

「あぁ、気をつけてな」

武器屋を出ると、日が沈みかけていた。

辺りは夕闇だけど、心は晴れやかだ。良い買い物ができたからだろう。

防具屋は明日にして、今日は宿屋に帰るか。……と、歩き始めたところでふと思いつく。

ここで【早退】を使ったらどうなる？　早く帰れるかな？

杖もあることだし……やってみよう！

わくわくしながら杖を取り出し、人気《ひとけ》のない場所へ移動する。

別に見られてもいいんだけどね、マスクもあるし。

実はこのマスクには、他人に詠唱を聞こえにくくする効果も期待していた。

人前で【有給】だの【早退】だの言うのは恥ずかしいじゃない？

そんな訳で、念のため路地裏へ。

『ソード・ステッキ』は、五十センチメートルほどでとても軽い。もちろん今はただの杖にしか見えない。構えるとどことなく落ち着く感じがするが、これが支援効果なのだろうか？

躊躇《ためら》いなく詠唱が出る。

「【早退】」

目の前の景色が、ぐにゃりと捻じ曲がる。

空間が渦のように溶け、やがて新たな景色が眼前に構成されていく。

「はい？」

俺は部屋にいた。宿屋。訳も分からず、頭の中の文字を確認してみる。


【破賢魔法】
・早退　▼時間に捉われない帰宅

時間っていうか……空間にも捉われてないよね？

6　第一声

「えーと、北はあっちか」

ギルドでもらった周辺マップを手に、ソロプレイヤー推奨の狩り場という北の森へと向かう。結局、防具屋には行かなかった。

昨晩、換金モンスターリストを眺めながら考えたのだ。北の森のモンスターはウサギだけ。しかも全てレベル1。リストに載った絵からも、攻撃力がありそうには見えなかった。

だからとりあえず今は必要ないだろうと判断して防具は買わなかったのだ。

一応ローブは着てるしね。

街を出て緑の景色を目指す足取りは、少し重い。異世界に来てまだ二日目というのもある。

それに加えて【早退】――破賢魔法の衝撃と興奮で、なかなか寝付けなかったのだ。

おかげでリストやマップは穴が空くほど読めたけど。

興奮で眠れないなんていつぶりだろう。遠足の前日の子供か、俺は。

そんな訳で多少の疲れが残っているけど――楽しんでるな、異世界。


北の森《ラビレスト》は、思っていたよりも木の密度が低く、陽光も十分に差し込み見通しは良好だった。辺りには俺以外の冒険者はいないようだ。みんな経験値効率の良い《南の草原》へ行ったのかね。

確かにレベルは上げたいけど……それよりも先にお金。お金を得て、衣食住を安定させて、装備を固めて――レベル上げはその後で。死なないことを最優先に考えたら、ぼっちにはこれしかない気がする。

森に入って五分もしないうちに、ウサギに遭遇した。

額《ひたい》のコブが特徴的な〈タック・ラビット〉。こいつの特徴は――

「おっと！　ほんとに頭突きしてくるんだな」

『敵を見つけたら頭突きする』とリストに記された通りだった。

知らなければ不意を突かれたかもしれないが、知っていればどうということはない。

軽々よけて、杖を構えた。

〈タック・ラビット〉は初撃を躱《かわ》されても怯《ひる》むことなく、俺を睨《にら》む。

こ、怖くない……。むしろかわいい。

だけど……レベル1だからって出し惜しみは良くないかな。

「【Excil《エクシル》】」

〈タック・ラビット〉が足に力を蓄え体を沈める様子がはっきりと分かる。

どの程度の速さで、どこを目掛けて飛び込んでくるのかが、足の筋肉の動きや視線といった情報から、予期できた。俺の仕事は、その軌道上にナイフを差し出すだけ。

ブスッ！

モンスターとの初戦闘はあっけなく終わった。

一撃で倒れた〈タック・ラビット〉を前に、改めて【Excil《エクシル》】の凄まじさに驚く。

神魔法だと思ってはいたけど、想像以上に使えるかもしれない。

さて、次はこっちを試してみるか。

「【チェンジ】」

杖先から出た緑の光が、死体となった〈タック・ラビット〉を包む。

ギルド魔法【チェンジ】。光が消えると、そこに残ったのは毛皮。〈タック・ラビット〉の毛皮が換金対象なのは、リストにあった通り。

【チェンジ】によって一瞬で必要アイテムに変わるのは、持ち帰ることを考えても都合が良い。

宿屋で手に入れた皮袋に毛皮を仕舞い、森を進んでいく。それにしても宿屋の親父にはかなり良くしてもらった。受付の時の計算が効いたのかな。初対面が重要というのは本当だね。

お、今度は〈ブロー・ラビット〉か。

二本足で立ち上がるウサギ〈ブロー・ラビット〉。カンガルーの小型版みたいなもんか。

注意すべきは――前足か？　リーチは短いけど勢いをつけて殴られるとけっこう痛そうだ。

ま、やることは変わらないんだけど。

【Excil《エクシル》】の効果時間は約十秒。効果が切れてから約三十秒間置かなければ再度使えない。そのあたりは昨夜実験済みだ。

何回使えるかはまだ分からないけど、十回ぐらい使っても体に異変はなかった。

そういう訳で、遠慮なく使う。

「【Excil《エクシル》】」

ブロー・ラビットの右前足が俺の腹部を狙う。その初動を検知した脳が弾き出した軌道から、三十センチほど体をずらす。これで回避完了。

あとはそこにナイフを置いておけば――

ブスッ！

ウサギは自ら刺さりに来てくれるのだった。

こんなに簡単で良いのか……？

「【チェンジ】」

ほー、こうなるのか。

〈ブロー・ラビット〉は肉の塊《かたまり》に変わった。この肉、サイズ的に前足かもしれない。

それから更に森を進んで〈タック・ラビット〉二匹、〈ブロー・ラビット〉一匹を倒した。

最初の二匹と併せて計五匹か。だけど――

・〈タック・ラビット〉の毛皮　▼200マーク×3
・〈ブロー・ラビット〉の肉　▼300マーク×2

1200マークかぁ。宿代に照らしあわせると、小一時間で一日の生活費を稼いだことになる。

そう思えば悪くないけど……装備の値段を考えるとなぁ。

宿探しの時に見たけど高いんだよね、防具。あとアクセサリとかアイテムだとか、欲しい物はたくさんある。

やっぱり、今はひたすら狩るしかないか。よし、前に進もう。

リストによれば、森の奥には高額買取対象のウサギがいるはずだ。肉と毛皮がそれぞれ5000マークで換金できて、計1万マークの獲物。他のウサギと比べて破格の額だけど、高いのにはそれなりの理由がある訳で……

まず、数が少ない……つまり遭遇率が低い。運良く遭遇できたとして、奴は真っ先に逃げることを選ぶようだ。

更に足が異常に速い。まさにレアモンスターの典型。レベル1だけど。

現状、接近戦しかできないから、仮に遭遇しても狩れるとは思えない。

だが、ものは試しというやつだ。それに、一つだけ俺に有利な点もある。

そのモンスターは森の奥ほど出現率が上がる。だけど奥にいると分かっていても、普通なかなかそこまでは行けない。自分のレベルが低ければなおさらだ。帰りの心配をするからね。

だけど俺には破賢魔法【早退】がある。街の外からはまだ試してないけど……おそらく一瞬だと思う。つまり、俺の場合は帰りの心配が要らないのだ。

考えがまとまったところで、どんどん前へ進む。

途中、毛皮が高めで売れる〈ミンク・ラビット〉一匹と〈タック・ラビット〉一匹を仕留めて皮袋の中は以下の通り。

・〈タック・ラビット〉の毛皮　▼200マーク×4

・〈ブロー・ラビット〉の肉　▼300マーク×2
・〈ミンク・ラビット〉の毛皮　▼600マーク×1

【チェンジ】で軽量化しても、これだけあると段々と重くなってくるな……。まだ余裕あるけど。

どれほど歩いただろうか？

軽く三時間はたったと思う。こんなに歩いたのは……遠足以来？

【早退】がなかったらとっくに引き返していたよ……

出会いがしらに襲ってきた〈ブロー・ラビット〉を返り討ちにして以来、ほとんど戦果もなくなった。

ただ黙々と、歩く。ここまできたら意地だった。

そいつの顔を見るまでは帰れない。そいつの顔を――

と、そこで思わず息を呑んだ。

十五メートルほど先。茂みの中からすっとウサギが顔を出したのだ。

ぴょんと飛び跳ねたモンスター――見た目はただのウサギ。元世界にいたウサギの姿形と特によく似ている。だけど、それが、そいつこそがレアウサギ。

〈ファトム・ラビット〉だった。

息を殺して〈ファトム・ラビット〉に近付く。

ナイフは……投げよう。練習なんてしたことないけど、直接斬りつけるよりは可能性がある。そう思わせるほど、すぐに逃げ出しそうな気配があった。

細心の注意を払って歩き、その距離を縮めていく。十三メートル、十二、十一……これ以上は無理！　そう思った場所で、ナイフを僅かに振りかぶった瞬間――

ドッ！

土煙が上がり、〈ファトム・ラビット〉は消えた。

――はぁ!?

見えなかったぞ。あんなスピード、あり？　消えたようにしか思えなかったんだけど……

あれは……無理だなぁ。あんなのどうやって狩るんだ？

弓か？　銃とかあるのだろうか？

緊張が解けたせいか、どっと疲れが溢れてくる。

帰ろうか――そう思って顔を上げた時、森の奥で何かが光ったように感じた。

なんだ？　あの辺りから……不思議に思って進むと、人影が見えた。

誰かいるのか――

「【雷光《ライトニング》】」

再び光が辺りを覆ったと思ったら、ドサッと俺の足元に何かが落ちた。

これは……〈ファトム・ラビット〉!?

ガサガサッと茂みをかき分け、誰かが近付いてくる。

現れたのは、黒のローブを纏《まと》った少女。

あ――賢者の――

目が合い、一瞬の沈黙が流れる。何か言わないと、と思った矢先、少女が先に告げた。

「あなた……ストーカー？」

7【有給】

澄んだ声が静かな森に響いた。耳心地の好《よ》い声だ。

その発言の内容を度外視すれば……

「行く先々で会うけど、あなたストーカーかしら？」

「違っ……たまたまです！　偶然！」

冷たい眼差しを向ける少女の疑惑を必死で否定する。

だってほんとに偶然なんだから……

「そ。ならいいわ」

「……え？」

賢者の少女は呆気にとられる俺をよそに、杖を振るった。

「【チェンジ】」

流れるようなその所作は既に完璧な賢者だ。

足元に転がる〈ファトム・ラビット〉が換金アイテムへと変化する。

これが……計1万マークの肉と毛皮。宿屋十二泊分。

こ、神々《こうごう》しい――あ。

その貴重なモモ肉と柔らかそうな毛皮を無感動に拾うと、少女はさっさと踵を返す。

森の中へ消えていく黒衣を、俺は呆然と見守るしかなかった。

† † †

宿屋に戻った俺は、今日のことを反芻《はんすう》していた。

あの無愛想な少女……あの子は〈ファトム・ラビット〉を狩っていた。

ちらっと見えたところから想像するに、恐らく雷系の魔法で仕留めていたんだろう。

攻撃魔法かぁ。しかも雷だから、ウサギが反応する前に当たるんだろうな。

良いなぁ、羨ましい。あれが賢者の強さか。

だけど俺の破賢魔法も負けていない。何せ帰りは一瞬だ。

【早退】、万歳。

正直今日は忘れてたけど、明日は【有給】を試してみるか。

【有給】は回数制限があるらしく、脳内では9／40を記している。一回分使って減った。おそらく説明の通り、七日経てば一回分チャージされるのだろう。ずっと使わなければ四十回分チャージされるんだと思うけどよく分からない。

ただこの魔法……実は少し使いにくい要素があるんだよね。

まぁでも、ものは試しだ。

今日の収支は2300マーク。〈ファトム・ラビット〉を狙わずに、他のウサギを集中的に狩れば4000……いや、5000はいけるんじゃないか？

5000もあれば一日の宿代833マークにプラスαの出費があっても余裕。貯蓄できる。

時間をかければ装備も買えるし十分……十分なんだけど。

賢者のあの子は、その間にバンバン1万マークを狩っていくんだよな。

やっぱり羨ましい。

† † †

北の森《ラビレスト》は今日も静かだ。見渡す限り誰もいない。

ここなら大丈夫だろう。実験実験。

「【有給】」

もう一人の俺が現れる。寸分違《たが》わぬ完全な俺だ。

右手を前に……左足を上げて……うん、動く。問題ない。

さて、じゃあお前はあっちの道を行って、俺はこっちだ。

ちなみに杖は俺が持っていて、向こうの俺はナイフだ。ややこしいな。

さ、二手に分かれて狩ってみよう。


「ぐはっ」

〈ブロー・ラビット〉の前足が腹にめり込む。

い、痛い。こんなに痛いのか。

ウサギは追撃をすべく、更に踏み込んでくる。

くそっ、調子に乗るなよ。

「【Excil《エクシル》】」

ドスッ！

〈ブロー・ラビット〉自身の勢いも利用して、思い切り刺し貫いた。

こいつのパンチが効きすぎて、気持ちが入ったのかもしれない。

「はぁ……やっぱりダメか」

足元に転がる〈ブロー・ラビット〉を【チェンジ】しつつ、溜息が漏れる。

結論から言えば、【有給】を使って二体同時に狩りをするのは無理だった。二人分の行動を制御するのがとても難しく、頭がついていかない。【Excil《エクシル》】を併用すれば問題ないが、索敵《さくてき》に使用するには制限時間十秒は辛い。

うーん、やっぱり自分が動けない時に使うのが正しいのか。【有給】だし。

あとは意表を突いたり身代わりにしたりとか？

もう一人の自分……「有給人形」に痛みと疲れはない。

回数制限はあるけれど、一度使えば一日中出し入れ自由。このへんは凄いと思うんだけどなぁ。

ま、今は深く考えても仕方ないか。

森の奥へどんどん分け入っていく。帰る心配をしなくて良いので自然とそうなる。

気付くと昨日少女と出会った辺りまで来ていた。

うっ――〈ファトム・ラビット〉だ。

やたら遭遇するな。このへんに巣でもあるのだろうか？

近付いても勝算がないので、【Excil《エクシル》】を使ってナイフを投げてみた。

――だめだ。〈ファトム・ラビット〉の動きは捉えられても、初動の速さが違いすぎてナイフが当たらない。

ナイフが手を離れる頃にはウサギは消えてるし。

風のように森の中へと消える〈ファトム・ラビット〉。

あれでよく木にぶつからないよな。まぁそれで倒れてくれたらラッキーなんだけど――

ん？　木にぶつかる？　そんなマヌケ、最近いたな。

焦ってベッドの角に足の小指をぶつけたことを思い出した。あれは痛かった。

……そうだ。あの時、確か【遅刻】を使って……

待て待て待て。【遅刻】って自分がするものっていう考えしかなかったけど、モンスターにかけたらどうなる？　というか、そもそも周囲に向けて放てる魔法なのか？

面白い、やってみよう！

さっそく、その辺の木に向けて唱えてみた。

「【遅刻】」

杖から黄色い光が飛び出す。

おおっ、出た！　しかも――速い、速いぞ！　杖先から閃光が飛んだようにしか見えない。しかもナイフと違ってノーモーション。これは……使えるかもしれない。

効果は、木じゃ流石に分からないか。やたら葉っぱが落ちてきたけど。

早く試してみたい。さぁいらっしゃい、ファトムちゃん。

8　【遅刻】

うーん、そんな簡単には会えないか。小一時間は探しているんだけど……

途中ブローとミンクを狩って今日の戦果は既に２０００マークを超えている。

無理に〈ファトム・ラビット〉を狙わなくてもいいか。そう考えていると、繁みの奥が光った。

この光は……昨日の？

木々の隙間から、僅かに黒い影が見えた。

あの子、やっぱり来てたか。〈ファトム・ラビット〉さえ狩れたら、こんな美味《うま》い狩り場はないもんな。二日目からここに来ていたことを考えると、金策を優先するタイプなんだろう。

それしか選択肢がなかったとはいえ、俺と同じだ。

ストーカー扱いされても困る、とその場を離れようとしたところでまた光る。


――いた。


光に反応したのか、〈ファトム・ラビット〉が木陰から顔を出している。

こちらに気付いた様子はない。

落ち着け。静かに、けれど素早く杖を構える。詠唱は白皮のマスクが漏らさない。

「【遅刻】」

杖から閃光が走る。先ほど試したよりも速く感じたその光は、〈ファトム・ラビット〉の体に吸い込まれていった。ピクリ、と長く垂れた耳が動く。更にピクピクと痙攣《けいれん》したように動いた耳は、やがてピーンと伸び――消えた。

あぁ、だめか……

ウサギが残した土煙を眺めながらそう思った直後――

――ドンッ！

もの凄い音が森に木霊した。もしかして……。辺りを見回すと音の発生源と思われる木が揺れていた。舞い散る葉を目印に近付いてみる。

すると、木の根元に〈ファトム・ラビット〉が転がっていた。

まさかこんなに上手くいくとは……。足が速すぎるのも考えものだ。自滅したウサギを【チェンジ】して肉と毛皮に変える。簡単に1万マークが手に入った。

だけど、次も上手くいくとは限らないか……


「【遅刻】」

う、上手くいってしまった……

今回は、魔法が当たるとその場から動かなくなったのでナイフを投げた。

あっさりと命中し、倒れる〈ファトム・ラビット〉。

……良いのか、これで？

他のウサギにも試してみたが、【遅刻】の効果には個体差があるようだ。

必死に逃走しようとして足を滑らすもの、暫く動かなくなるもの、その場で跳ねたりおかしな行動をとるもの……。焦ってるってこと？　……なのだろう。そのへんは人間と同じなのかも。

しかし誰得魔法と思っていた【遅刻】がこんなに使えるとは。

この魔法のもう一つ優れたところは、的《まと》との距離が開いているほど放出速度が上がる点。

距離が遠いほど【遅刻】も焦るのか？　変な魔法だ。

とにかくこれで〈ファトム・ラビット〉狩りができるかもしれない。

【チェンジ】を唱えながらそんなことを考えていると、森の中から視線を感じた。

あの少女だ。昨日とは逆のシチュエーション。

もしかして、賢者さんってストーカーですか？　……言ってやりたい。

けれど関わらないほうが良い気もする。

何か怖いし……目を合わせないようにしよう。

黒のローブが遠ざかっていく。街へ帰るのかな。

まだ陽は高いとはいえ、街に着くころには薄暗くなっているかもしれない。

それを考えると切り上げ時ともいえる。

【早退】があるから、俺はまだ粘るけど。

僅かな優越感に浸りつつ、狩りを再開するのだった。

†　†　†

〈ファトム・ラビット〉が四匹狩れたことが大きく、この日の収入は4万3000マークだった。

なんと昨日の十八倍超。生活費はおろか、防具もすぐに買えてしまう。

完全装備のうえ、更に夢の貯蓄生活まで見えてきた。

レベルは……上げる必要あるのか？　まだ一日だからなんとも言えないけど、安定してファトム狩りができたとしたらこの狩り場から動く必要がない。

わざわざ命の危険を冒して冒険する理由がない。魔王とかいないし……いないよな？

明日は、更なる狩りの効率アップを目指して、【有給】を活用してみよう。

ファトム狩りで時間がかかるのは、奴に出会うまで。つまり索敵だ。

ならば【Excil《エクシル》】よりも、【有給】の俺を索敵に使ってみてはどうか？

【Excil《エクシル》】は十秒の制約がある分、ここぞという時に使ったほうがいいだろうと考え直した。

【有給】なら、遭遇率は二倍。ただし、俺と「有給人形」が同時に狩りをすることはない。仮に片方がウサギと遭遇してしまった時は、そちらだけに意識を集中させる。

もしも必要な場合は【Excil《エクシル》】も使う。

単純なことだったら二人でいい。複雑になったら一人に集中。切り替えだね。

「なんか良いことあったのか？」

「え？」

「にやけてるぜ」

宿屋の食堂にいることを忘れていた。どうやら小金が入ったことで浮かれていたらしい。

小者すぎて、我ながら情けないぞ。

「狩りがうまくいきまして」

「そうかい。良かったな」

親父はぶっきらぼうだが客のことを良く見ている。できた親父だ。もし狩りが安定してきたら、肉でも差し入れてやろう。その日の夜はよく眠れた。

† † †

今日も今日とて《ラビレスト》へ。……行くのだが、その前に薬屋に寄った。

今のところ命の危険は感じないけど、〈ブロー・ラビット〉の一撃は思いのほか痛かった。

万が一ということはあるし、ここは異世界。何が起こっても不思議ではない。

心配した途端、実際にそれが起こる……なんてフラグとか気にしてちゃダメだ。

薬屋にはポーションらしきものが陳列されていた。色とりどりで、白から黒までクレヨンか何かみたいに並んでいる。どうやら色が黒に近付くにつれて高いようだ。

「特価」と書いてはあるが、本当に安いのか分からない。

「すいませーん」

「はーい」

パタパタと出てきたのは十歳くらいの女の子だった。ずいぶん小さいけど……この子が店番？

「いらっしゃいませ」

「あ、どうも」

深々とお辞儀をされたので思わず返してしまう。日本人だから仕方ない。

「傷を治す薬が欲しいのですけど」

「ポーションですね」

「あ、そうです」

やっぱりポーションか。

「初めて買うので、どれが良いのか分からなくて」

「どこか具合が悪いのですか？」

「いえ、傷を受けた時のために……モンスターから」

「冒険者さんですね！　ではご説明します」

女の子は弾けるような笑顔で説明してくれた。

「ポーションにはご覧の通り、白から黒まで色があります。色が濃いものほど治癒効果が高く、お値段もそれに合わせております」

「なるほど」

「ですが、色が濃いものは効果が完全に現れるまでに時間がかかるのです。逆に色が薄いものは即効性があります」

「良し悪しということですか。つまり……」

「状況に応じて使い分けが必要ですね。冒険者の方ですと、色が薄いものから中くらいのものを多めに持っておいて、いざという時のために濃いものを一、二本用意しておくのが良いかと」

高ければ良いものという考えは間違いか。説明を聞いておいてよかった。

それにしてもこの流れるような説明……この歳で凄いな。立派なプロフェッショナルだ。

「えーと、重症を負った時に色が薄いもので応急処置して、更に濃いものを同時に飲んでも大丈夫ですか？」

「大丈夫です。それは重症患者への正しい処置ですので。だけどそこにお気付きになるとは、お客様は鋭いですね。まだ《ラフタ》に来て間もないでしょうに」

……君には負けるけどね。なんだかんだ言って商品を売り込んでいる訳だし。


「ありがとうございましたー」

俺を見送るプロ。

彼女の接客術のおかげでいろいろ買ってしまった。

・肌色のポーション　▼300マーク×5
・緑色のポーション　▼600マーク×3
・ほとんど黒のポーション　▼2000マーク×1

都合5300マークの出費。結構高かったけど安全な異世界ライフを送るためだ、仕方ない。

宿屋の代金を十日分前払いしておいたけど、手元にはまだ10万マーク以上ある。

〈ファトム・ラビット〉を狩るマシーンとなった俺には、大した額ではない。

9 レベルアップ

三日目ともなれば慣れたもので、ほとんどマップを見ずして森の奥へ来られた。

途中、ブロー二匹とミンク一匹を【Excil《エクシル》】とナイフのコンボで料理してやった。

ナイフを積極的に使うのは、刃物に慣れるため。生活に必要だし、この先剣を扱う機会もあるかもしれない。これからずっとこの《ラフタ》で生きていくんだ。攻撃のバリエーションは多いほうが良い。練習、練習。

さて――

「【有給】」

狩りますか。

結論から言うと、【有給】を使っての索敵倍増作戦は有効だった。

だけど――

「くそっ。またそっちか」

〈ファトム・ラビット〉を見つけた「有給人形」の俺を待機させ、その場へ急ぐ。だが、間に合わない。

「あぁ……行ってしまう」

〈ファトム・ラビット〉が去っていくのを悔やむ俺と、ただ眺めるだけの有給人形。

人形が先にファトムを見つけても、攻撃できないのだ！

そう、杖が一本しかなかった……。俺は阿呆か。そんな根本的なところを見落とすなんて……。

杖なしでも魔法は撃てるけど、リスクが高すぎる。至急もう一本追加だな、杖。

とはいえ、稀に間に合うパターンもある訳で。

今日は六匹狩ることができた。美味《うま》すぎ！

何度か賢者の少女の気配を感じたが、姿は見えなかった。お互い暗黙のうちに〈ファトム・ラビット〉の狩り場エリアが定まってきていた。彼女は一日に何匹仕留めるのだろうか。

ふと、そんなことが気になった。

† † †

「換金お願いします」

「かしこまりました」

ギルドは慣れない。人が多すぎる。それに換金所には衝立《ついたて》がないから……

「おい、見ろよ。あいつまたウサギ狩ってる」

「あいつ？　あぁ、〈オールホワイト〉か。よくやるよな」

ほら、なんか噂されてるし。それに〈オールホワイト〉ってなに？

名付けたのは日本人に違いない。こうして見渡すとほとんどの者が仲間を連れているのが分かる。

ぼっちは俺だけか。

今日も退職理由ランキング三位の力が、遺憾なく発揮されているようで何よりです。

げっ――

賢者の子だ。当然あの子も換金しに来るよなぁ。

「賢者ちゃんだぞ。ソロの」

「うぉっ、可愛い。ＰＴ組んでくれねーかな」

「お前じゃ無理だよ。っていうか全部断ってるらしいし」

「マジかー」

登場しただけでギルド内が軽い騒ぎになる。人気者め。

それはおいといて、顔を合わせるのはまずい。先に帰ったはずのあの子よりも早くここに居るのは普通に考えればおかしい。隠す理由は特にないけど、強《し》いて言うなら目立ちたくない。

大体こういう能力は、厄介ごとに巻き込まれる運命なんだ。

だから破賢魔法は隠します！

そそくさとギルドをあとにした。

† † †

ギルドで換金した後、前回と同じ武器屋を訪ねた。この《ルーデン》の街には他にも武器屋は腐るほどあるのだが、またここ。店主のお爺さんの感じが良かったたし、貰ったナイフは重宝している。縁は大事にしないと――ぼっちだけに。

「壊れたのかい？」

「え？」

杖の棚を眺めていると声が掛かったので驚いた。

そうだよねー。杖、壊れたと思うよねー。さて、なんて説明したものか。

「いえいえ。予備の杖を探していまして」

「ほう」

「万が一壊れた時のために用意しようかと。あとは……二つ使うかもしれないので」

「なんと。両手に杖とは、聞いたことがない」

なんだかお爺さんに感心されてしまったようだ。

実際は右手に二本、というか、右手が二本あるんだけど、この場合は両手とは……言わないよね。

「どんな杖がいい？」

「うーん、今度は普通の杖でお願いします」

「ちょっと待っとれ」

お爺さんは前回同様、部屋の奥に一旦引っ込んで杖を持ってきてくれた。

「ほれ、これはどうかね」

俺が買った『ソード・ステッキ』より少し長い。柄《え》は簡素だが、杖先には十センチほどの赤い石が嵌まっている。

「特別なものではないが……扱いやすいはずだよ」

「えぇ、こんなのを探してました」

「なら良かった。お代は2万マークでどうだい？　これもつけるよ」

皮製のホルダーか。確かに杖を二本持って歩くのは避けたい。

「ありがとうございます。買います」

「相変わらず早いね」

そう言ってお爺さんは笑った。きっとまたここに来るんだろうな。

†　†　†

今日も今日とて《ラビレスト》へ。といっても、用があるのは俺用のファトムの狩り場エリアで、そこまでの道中はささっと抜けていく。

ウサギはなるべく避ける。降りかかってきた火の粉は払うけど。
ドスッ！
こんな風に。カウンターのナイフを貰って〈ブロー・ラビット〉が転がった。

デデーン！
レベルが上がりました！
【名前】タヒト・デイエ　Lv1　↓　Lv2

デデーン！
職業レベルが上がりました！
【職業】はけん　Lv5　↓　Lv6

ピロリーン♪
新魔法を習得しました！
【破賢魔法】
・有能

……すまん、もう一回言ってくれ。

一度にいろいろ言われても困る。

デデーン！

レベルが上がりました！

……意外に良心設計なのね。

10　賢者モード

レベルが上がったようなので、試しに跳んだり走ったりしてみたが、特に変わった点はなかった。

魔法も試したけど良く分からない。

【Excil《エクシル》】の効果時間が若干長くなったか？　そんな程度。レベルが一つ上がっただけでは大して変わらないということか。チリも積もれば何とやらって感じで、十くらい上がれば分かるのかね？

そんなことより魔法だ。新魔法【有能】。

解読できる自信はないけど、とりあえず効果を見てみよう。

【破賢魔法】
・有能 ▼爪を隠す

……突っ込まないからな！
はぁ、まだ一匹もファトムを狩ってないのに何故かどっと疲れた。
とはいえ愚痴を言っても仕方ない。効果は大体予想できるけど、使ってみよう。
「【有能】」
うんうん、やっぱり消えるよね。杖が。
手には杖の感触だけが残っている。しかし目には見えない。不思議な感じだ。
扱いに困る魔法だなー。今のところ使う予定がないのでまた保留しておく。
さて、杖二つ×【有給】でハイパー狩り効率タイムといこうか。
二人の俺が森を静かに歩く。走ると高確率で転ぶことは体験済みだ。
【有給】で走るのダメ、絶対。
おっと、さっそく向こうの俺がファトムちゃんを発見している。
じゃあ、こっちの俺は休憩、と。意識を向こうへ集中する……
「【遅刻】」
結果。九匹狩れました。新記録！

今日はこのへんで帰ろうかな。毎日森へ入って流石に疲れも溜まっている。
リアル早退しよう。疲労のせいか、何も考えずに杖を振るう。
「【そうた……いぃ】!?」
渦巻く景色の中で、黒い影がばっちり視界に入った。
だけど、詠唱を止めるには遅すぎた訳で。
見られた。賢者《あいつ》に。
しかもびっくりして皮袋を落としてしまうというおまけ付き。
9万マークが……
早退先の宿屋で頭を抱える俺。
どうする？　どうする？　諦めるか？　だけど9万だぞ？　宿屋何泊分だ？
くっそー。結局、涙目になりながら森へ戻った。

皮袋を落とした場所へ戻って来た頃には、空は夕焼けに染まっていた。
帰りを考慮しなければいけない少女が、この時間まで残っていることはないだろう。
そう思っていたのだけれど……
「やっぱり戻ってきた」
切り株に座った少女は、肩で息する俺に気付いて小さく呟いた。
彼女の横には、見慣れた皮袋。

「ハァ……ハァ……。見ててくれてたんですか……俺の荷物……」

山道の全力疾走は応えた。

ちょっと休ませて……と言いたいけれどそういう訳にもいかないよねぇ。

「見てたんじゃないわ。待ってたの」

「え？」

膝の上に両肘をつき、両手で小さな顔を支えながら、上目使いで少女は尋ねた。

「あの魔法、なに？」

やっぱり見られていたか……こうなったら開き直るしかない。

「帰宅魔法ですけど……何か？」

「帰宅魔法……そんな魔法があったのね」

「あるみたいですよ」

へぇ……と少し感心した様子の少女。初めて感情を表すところを見た気がする。

彼女は姿勢を正し、ふっと空を見上げた。

「もう暗くなるわね」

「そうですね」

「暗い山道を歩くのは危険だわ」

「そうですね」

「これもあなたを待っていたせいね」

「そう……ですね」

何が言いたい？

少女はそんな疑問を察してか、俺を見据えて言った。

「その魔法で私も帰れないかしら？」

「え⁉」

自分以外の誰かと【早退】する……その発想はなかった。勿論、試したことはない。

「試したことがないから……」

「私で試せばいいわ」

胸に手を当て、毅然《きぜん》と言う。

なんでこんなに自信満々なんだ？　何が起こるか分からない……危ないかもしれないのに。

「異世界まで来たのよ。この程度で臆《おく》してどうするの」

エスパーか、お前は。……まぁいい。その挑発するような態度が癇《かん》に障《さわ》った。先ほどの「ストーカー」発言が頭を過《よぎ》る。そこまで言うなら……やってあげようじゃないか。

「分かりました」

「お願い」

少女が躊躇《ちゅうちょ》なく手を差し出してくる。

思わず握ってしまったが、これが必要な行為なのかも分からない。

彼女の顔を、初めて間近で見た。まつげ長い。

「【早退】」

詠唱と同時に景色が回る。少女の手からきゅっと僅かに力を感じた。

【早退】は無事成功したようだ。そう、無事に俺の部屋に着いたのだ。

あー、ここに戻ることを完全に忘れてた！

変なものないよね？　ないよね？　信じてるぞ、朝の俺。

「ここは？」

「……俺の泊まっている宿屋」

「ふうん。いきなり部屋に連れ込むなんて……大胆ね」

「この魔法は、ここに帰るようになってるんです！」

「そ」

きょろきょろと部屋を見回す少女。

あんまり見ないで！

「へぇ、本当に……帰れるんだ」

「そうみたいですね」

「じゃあ出ましょう」

感慨らしきものを一瞬零しただけで済ませ、少女はスタスタと部屋を出て行く。

「ちょっ……」

よせばいいのに、つい俺もあとを追ってしまった。二階から続くように降りてきた俺達を見て、宿屋の親父が不思議そうな顔をしている。少女はどこ吹く風で、カウンターを素通りした。

きみ、メンタル強すぎない？

親父にはあとで説明しよう。どう説明するかはおいといて。

宿屋を出たところで、ようやく少女は振り返った。

「あなた、明日もあの森で狩るの？」

「そのつもりだけど……」

「そ。良かった」

何が？　その言葉が俺の顔に書いてあったのか、やはりこいつがエスパーなのかは分からない。

「明日もよろしく」

夕日に照らされ朱に染まった賢者の横顔は、むかつくほど綺麗だった。

11　ツララ・シラユキ

次の日から俺達の奇妙な関係が始まった。

当然のことながら別々に出発し、同じ場所で狩りをする。同じ場所といっても彼女は彼女の狩り場で、俺は俺の狩り場で。その距離は百メートルくらいか。この数日で、互いの距離感はなんとなく掴んでいた。

やがて夕暮れになると、俺が皮袋を落とした切り株のところへ集まる。どちらからともなく手を繋ぎ【早退】。ちなみにここまで無言だ。

やむなく俺は【早退】先を街外れの空き地に変えた。帰る場所について、街の中ならどこにでも設定できることは既に実験済みだったのだ。ただし一度変更すると、再設定に一日必要になるが。

二人して空き地に着いて、手を離して……

「さよなら」

以上。

これがここ一週間のルーティーン。

足に使われているといえばそれまでだ。というか百パーそうだ。かといって断ろうものなら、

「おかしな魔法を使う男の噂が広まるでしょうね」と脅してくる。

逃げ道ないじゃないですかー。はぁ……もう考えるのはよそう……疲れる。

それよりこれ、皮袋。今日の稼ぎを換金に行かないと。

俺の計算が間違ってなければ、この稼ぎで達成するはずだ。

「換金お願いします」

「かしこまりました」

このやり取りにも慣れた。あとはお姉さんが出す紙幣の枚数を確認して去るだけ。

……なんだけど、今日は違った。

「お客様、失礼ですがレベルはおいくつでしょうか？」

「2です」

「しょ、少々お待ちを」

珍しく慌てる受付のお姉さんに、思わず同情してしまう。

そりゃそうか。この場合どうなるんだ？

「お待たせしました。お客様、今回の換金で累計獲得金額が100万マークを超えました」

おぉ、やっぱり100万超え。そして案の定、換金も獲得金額に含まれるのね。ということは？

「おめでとうございます。クラス2へクラスアップです」

「レベル2なんですが……良いんですか？」

「特例です。お客様はレベル5には達しておりませんが、今日からクラス2までの依頼を受けることが可能になります」

「そうですか。その確認だったんですね」

「それもありますが……レベル5未満の方のクラスアップは過去にも前例がありますので、どちらかというと確認させて頂いたのは別のことです」

「別？」

「はい、お客様が今回の〈旅行者〉最初のクラスアップであることを確認しました。上位の〈旅行者〉には王城から召集がございます」

正直、依頼を受けるつもりはないからクラスアップはどうでも良い。

だけど、何かを達成したという充足感はある。それも最初……一番だ。「はけん」の俺が。

あの賢者よりも早かったというのは意外だけど、それがまた嬉しい。

そして王城からの招待、か。期待しても良い？　ご褒美。

……などと考えていたところで、後ろに並んでいる冒険者から声が掛かった。

「終わったのかしら？」

「あ、すいませ――」

うおっ、賢者《おまえ》か。後ろに本人がいたとは。別に掛ける言葉もないので、他人のふりをして帰ろう。

まぁ他人なんだけど。何も言わず横切ろうとする俺に彼女は呟く。

「やるじゃない」

……。聞かれたかー。でも怒ってはなさそう。

賢者《こいつ》の自信満々さからいって、「賢者の私より先に～」とか騒ぐタイプかと思ったんだけど。

「おい、聞いたか？〈白うさぎ〉が一位だと？」

「なんでウサギしか狩ってないやつが……まさかアレ、ファトムだったのか⁉」

別のところが騒ぎ出した。

〈白うさぎ〉って何？〈オールホワイト〉からクラスチェンジしたのか？

どちらがマシかは甲乙付け難《がた》いな。

するとそこで、受付のほうから更に声が上がった。

今度は何だよ？

「お、お客様もレベル2ですか。クラスアップおめでとうございます」

「どうも」

「二番目の方も後日、王城から召集がありますので宜しくお願いします」

「分かったわ、ありがとう」

……タッチの差でしたか。

† † †

今日も《ラビレスト》へ通う。本当、通勤みたいだな。元世界の俺は、毎日同じことの繰り返しが嫌でたまらなかった。単純作業は苦手なのだ。退職理由ランキングに入るほどに。

だけど、ウサギ狩りは全然苦にならない。むしろ楽しいくらいである。

異世界に来て考え方というか体質が変わったのか？　そう思えるほどだった。

ここ数日は〈ファトム・ラビット〉を十匹以上狩れている。

そのおかげでクラスアップ。順調順調。

「これで十二匹……まぁまぁかな」

などと一人決め顔で言ってみたが、笑みが我慢できずに台無しだった。

時は既に夕刻。切り株に座って賢者を待つ。

おっ、来たか。さっ【早退】【早退】。さくっと帰ろう。

もはや何の疑いもなく手を差し出す俺。だけど賢者は動かなかった。

……え？　なに？　恥ずかしいんですけど……

一人手を差し出す姿は滑稽《こっけい》だった。

「〈白うさぎ〉」

「はい？」

「可愛いニックネームね」

「!!」

羞恥メーターが限界を突破する。一週間ぶりのまともな会話がそれかい！

た、耐えろ。

「〈オールホワイト〉よりましですかね」

「何それ」

そんなの俺が問い質《ただ》したいくらいだ。

「そのマスクは何なの？」

「え、詠唱が聞こえないように……」

へぇ、と感嘆らしき反応を見せる賢者。

「あなた、結構考えてるのね」

「え？」

「詠唱を隠すって、人間と戦うことを想定してるんでしょ」

この瞬間、賢者がエスパーではないことが証明されてしまった。

何故なら正解は、恥ずかしいから、なのだ。

「いや、目立ちたくなくて」

「目立ちたくない？」

呆然とした表情で俺を見つめる少女。たっぷり五秒はあったと思う。

そして……

「……ふふ。おかしな人」

おかしいのはお前だ。お前が……お前が笑うなんて……

「私も笑うわよ？」

「やっぱりエスパーじゃ――あっ」

しまった。

「ふふ。気にしないわ。それに、敬語はやめてちょうだい。貴方のほうが歳、上でしょう？」

上目使いで見上げるように、しかし態度は完全に見下ろした風に彼女は言った。

ほう……どうやら自分が敬語を使うという選択肢は端《はな》からないようだな。

「分かった分かった。これでいいんだろ？」

「ええ」

投げやりな言葉に少女は満足そうに笑う。

「私の名前は白雪《しらゆき》つらら。あなたは？」

「……出家旅人」

「でいえ……たひと。タヒト・デイエ、か。漢字だとふらふらしてそうだけど、カタカナで横にすると外人みたいね」

「ほっとけ。それにそっちは――」

「氷柱《つらら》みたいな女、でしょう？」

「……」

「良いの、その通りなんだから。だけど発音は間違えないでね。『つ』でアクセント」

人差し指で空を弾くツララ。

なんで名前で呼ぶことが前提なの？

そうなると自然に……いや確実に、賢者《こいつ》も俺を呼び捨てにしそう。

「ツララ。これでいい？」

「ええ、タヒト」

ほらね。

ようやく手を差し出してくる少女。何だか疲れた……大きく溜息を吐いてその手をとる。

「【早退】」

「今のは握手だったのだけれど……」

「あっ……悪い」

「ほんと、おかしな人」

賢者《ツララ》の笑顔を見ながら、ふと思った。そういえば……この世界に来て初めてかもしれない。名前を呼ぶのも、呼ばれるのも。

12 メッセージ

初めて防具屋に入る。いや、冷やかしには何回か来ていたんだけど。だってお高いんですもの。

コンビニのように見掛ける武器屋と違って、防具屋はこの街に一つしかない。多くの冒険者を一店舗で賄っているためか、店は当然でかい。おそらく城の次に大きな建物じゃないかな。

「いらっしゃいませ」

店内に入ると、間髪容れずに声が掛かる。黒のタキシードに身を包んだ従業員だ。それも一人ではない。俺が一歩踏み出すごとに声が掛かり、「いらっしゃいませ」の波状攻撃。

だが恭《うやうや》しくお辞儀する彼らの目はこう言っていた。

(またおまえか)

ええ、私です。懲りずにまた来ました。でも今日は買うから許して！

「いらっしゃいませ。お客様、今日はどういったものをお探しでしょう？」

多くの従業員の中から、一番下っ端と思しき若い男が声を掛けてきた。

順当な人選と言わざるを得ない。

「もう決まってます。『アリステイルの篭手《こて》』と『白風のローブ』です」

「え？」

下っ端は口を開いたまま固まってしまった。

「『アリステイルの篭手』と『白風のローブ』です」

「し、失礼しました。すぐにお持ちします」

そう言って慌てた様子で店の奥へ消える。


アイテムを持ってきた男はまだ信じていないようだった。「マジで買うの？」という雰囲気がびんびんに伝わってくる。だから下っ端なんだと思うよ、きみ。

「お支払いは『アリステイルの篭手』が３９万マーク、『白風のローブ』が５３万マークで……計９２万マークになりますが――」

「これで」

ぽんっと札束を出す。あぁ、一度やってみたかったんだ、これ。

「……確認させて頂きます」

「えぇ、どうぞ」

枚数が間違っているはずがない。昨夜三回数えたからな。

「確かに頂戴致しました！　ありがとうございます！」

そのお辞儀は、本日最高の敬意を感じさせるものだった。

† † †

今日買ったアイテム。効果はこんな感じ。

・『アリステイルの篭手』
▼妖精〈アリス〉の尻尾で作られた篭手。ダメージの軽減に加え、手の動きを補正する効果あり

・『白風のローブ』
▼「白風」を吸い込んだ特殊な絹で編《あ》まれたローブ。装備した者に高い敏捷性《びんしょう》を与える

俺の戦闘スタイルは、魔法で有利な状況を作って物理でフィニッシュ。今後覚える魔法によっては変わるかもしれないけど、今はこれしかない。悲しいかな、魔法使いの格好をしているけど、接近戦が必須。そしてその接近戦は【Excil《エクシル》】に頼ることになる。そりゃもうおんぶにだっこですよ。

予知に近い【Excil《エクシル》】は神魔法だから。

だけど体は生身な訳で、その予測についていけないこともままある。

今回のアイテムはその欠点を補うためのもの。

店を出て、外で腕を組んでいる少女に声を掛けた。

「待たせた」

「待ってないわ。防具、見てたから」

さいですか。

「また白なのね」

「……仕方ないだろ？　この色しかないんだから」

「ふうん」

むしろ白で良いのだ。馴染んでしまったから。

二人並んで街を歩く。なんで賢者《こいつ》と行動を共にしているかというと、「お願い」されたのだ。

曰く——

「一人でいるとPT勧誘が五月蝿《うるさ》いの。コンビということにしてもらえないかしら」

自慢か？　流石は賢者様。

「なんでPTに入らないんだ？」

「私が他の人間と上手くやれると思う？」

お、思えない。だけど胸を張って言うことじゃないよね。

「はいはい、了解」

「あら、決断が早いのね」

「よく言われる。それに……どうせ拒否権ないんだろ？」

「どうかしら」

笑顔で小首をかしげる賢者。その仕草は魅力的だった。しかし見掛けにだまされてはいけない。

中身は氷柱だからな。これから大変そう……

† † †

二人で森までやって来たら、そこからは各々自由行動だ。

一気に散財したので、稼がないと。

「【有能】」

詠唱し、ナイフを消す。このまま投げてもいいんだけど、それだと実験にならない。

眼前の〈ブロー・ラビット〉は姿勢を低くして跳躍の構えをとっている。ナイフが消えたことを理解しているのかは分からない。

僅かな土煙が上がり、直後、〈ブロー・ラビット〉の突きが飛んでくる。

余裕をもって避け、見えないナイフを急所へ滑らす。ここまで【Excil《エクシル》】なし。

篭手の補正、ローブの敏捷性も確かだった。うん、使える。

問題は【有能】だ。武器が見えないせいで、自分のリーチが分かりづらい。短いナイフだから良かったものの、少し長い杖だと距離感が掴めるかどうか。

それに……どうやらワンヒットで効果が切れるようだ。ファトム相手だと、ナイフが見えなくても投げるモーションで逃げられるから意味ないし、今のところ使い道がない。

全然【有能】じゃないぞ。

そんな訳でファトム相手にはいつも通り、【有給】で分体を出して【遅刻】するのだった。


「お疲れさま」

「……お疲れ」

お疲れさま？　聞き間違いだろうか。そんな挨拶、今までしたことあったっけ。

「何匹？」

「え？」

「何匹狩ったの？」

「十二」

「へぇ……なんで賢者の私より多く狩れるのかしら」

……どこかで聞いたことある台詞だな。

「努力と研究の成果だよ」

「ふうん」

納得したのか分からないような返事をして、手を差し出す賢者。

その手をとって一日が終わる。

† † †

そんな日々を一週間続けたある日の朝、起き抜けに脳内に文字が浮かび上がった。

【重要　王城召集の件】

なんだ？

突然の連絡、誠に申し訳ございません。このメッセージはギルドより、【チェンジ】の契約を介して送信しております。つきましては、メッセージ受信者の皆様は、明日正午、王城にお集まりいただきたく。受付は十一時からとなっております。時間厳守で宜しくお願い致します。

ギルド

ギルド職員に日本人いるよね？

13　コンビ

ツララと共に王城へ向かう。城に足を運ぶのは、初日の職業授与以来だった。あの日、城を出た時は振り返りもしなかったから特に何も思わなかったが、改めて真正面から見ると大きな城だ。

少しばかり、足を止めてしまった。

「緊張しているの？」

「まさか。ここを出た時のことを思い出しただけ」

「そういえば、あの時もあなたに会ったわね」

「あぁ、確か支度金を受け取りに行って……」

「ひどい顔をしてたから覚えてる」

それは……女の子達に見切られたあとか。おかしいな、切り替えたはずだったんだけど。

俺のメンタルはそこそこ弱いに下方修正します。

「立ち止まっていても仕方ないわ。行きましょう」

「あぁ、悪い」

迷いなく門を潜るツララの後を追うように城へ入った。

時間まで待て、とのことで控え室に通される。そこには既に四人ＰＴが二組と、部屋の隅に佇む一人の男がいた。この場には、クラス2への到達が早かった上位五名が集められたらしい。

五名といってもギルドでのアイテム換金の仕方には、PTでまとめて換金しようが個人で換金しようが制限は無い。つまりあの二組のPTは、四人で100万マークを達成したと思われる。その場合、クラスアップできるのは一人だけらしく、PT内でもっとも貢献度の高い者になるそうだ。

ふと、四人PTの内の一人に目が留まる。

目の覚めるようなブルーの鎧に身を包んだ男に見覚えがあった。

あれは……もしかして。男は視線に気付いたのか、目が合った。

「うん？　おーん？　もしや……兄ちゃんあの時の……」

「あ、どうも」

「おおー！　やっぱりそうか！　後ろに並んでた兄ちゃんだな！」

勇者のおっさんだった。おっさんの身なりが変わりすぎていて正直自信なかったけれど。

あの汚い上着と過剰ダメージジーンズは、見事なまでに美しい甲冑《かっちゅう》に変わっていた。無精ひげを剃り、髪はオールバックで整え、清潔感が漂っている。

「いやぁ、まさかこんなところでまた会えるとはな。良かった良かった」

そう言って俺の肩をバンバン叩くおっさん。人懐っこい性格は変わってないみたい。

「兄ちゃんもえらい変わったねぇ。いかした格好して」

「そうですか？　おじさんほどじゃないですよ」

「こりゃあ借り物だよ。防具屋が使えってうるさくてねぇ」

「なるほど。勇者ともなると、歩く広告塔ということですか」

「はっは！　難しいことはよく分からん」

変わらないおっさんに何故かほっとしつつ、彼のＰＴメンバーに目を向ける。

どれどれ、おっさんＰＴの面子は……

一人目、戦士♂。大柄かつ逞《たくま》しい体付きで、いかにもな前衛役だ。一見強面《こわもて》だが、実はとても優しい心の持ち主で、小物が好きといった属性がありそう。

二人目、魔法使い♂。飄々《ひょうひょう》とした出で立ち。その風貌から察するに、敵の間隙を狙い撃つタイプ。クールで無関心を装っているが、誰よりもＰＴのことを考える熱い心を秘めている。……ような気がする。

三人目、僧侶。大人しく気弱そう。過去になんやかんやあってトラウマがあり、今は力を引き出せないが、そのうち覚醒してＰＴの危機を救う。そんな波動を感じる。たぶん♂。

おっさん……ガチじゃないですか。誰よりも本気で異世界攻略してるよ、あんた。

「皆さん……男性なんですね」

「ん？　そっちのほうが強そうだろう？　それより聞いてくれ！　この前、氷魔法を覚えてな――」

ガチＰＴの熱い話を聞きつつ、ツララのほうを見遣ると彼女も誰かと話していた。

いや、からまれていた。

「賢者だよね？　城で見掛けた時から気になってたんだ。どう、僕のＰＴに入らないかい？」

「……」

茶髪の、いかにも女受けの良さそうなルックスの男がツララを勧誘している。

「君のような美しさと強さを兼ね備えた女性こそ、僕が求める人材なんだ。ＰＴの枠はあと一つ……君のために空けておいた」

「……」

す、凄いな、あいつ。歯の浮くようなセリフをすらすらと。そしてそれを完全に無視するツララも。

「もしあとから加入することを気にしてるなら問題ないよ。うちは女性が多いからすぐに馴染むさ」

そのナンパ男のＰＴは、おっさん達とは対照的に他三人が女性だった。

「オサムー、そんな子ほっとこうよー。私達がいるじゃない」

「そうよ。賢者だかなんだか知らないけど、愛想悪すぎでしょ」

「感じ悪いよねー」

女性陣からはあまり歓迎されてないようだ。

しかしツララは氷柱《つらら》だった。全く意に介さず、明後日の方向を見ている。

「まぁまぁ、落ち着いて。考えてごらん？　賢者の彼女が入ってくれたら攻撃は勿論、回復もこなしてくれるんだ。僕達の危険はぐっと減ると思わないかい？」

など尤《もっと》もらしいことを言っているけど、どこか胡散臭い。というか、女の子に囲まれたいだけだろ、お前。

「えー。回復は私がいれば良いじゃない。こんな子いらなーい」

「どこ見てんのよ。態度でかくない？」

「感じ悪いよねー」

……本当に女の子は怖いな。容赦がない。しかも君達の言っていることは全面的に正しい。

ツララは態度《こいつ》がでかく、感じが悪い女。その上、人の思考を勝手に読み取り、弱みを見せると
「お願い」と称した脅迫をしてくるとんでもない奴だ。

いいぞ、もっとやれ——と言ってやりたい。言ってやりたいところだけど。

黙って女性陣の集中砲火に曝《さら》される彼女を見ていると、何だか落ち着かない気持ちになった。

具体的に言うと、少しイラッとした。

「ツララ」

突然の横槍に、全員の目が集まる。

「紹介したい人がいる。こっちに来て」

彼女は一瞬だけ目を見開いて、元の無表情に戻る。いや、少し笑ってるか？

「失礼」

「あ、ちょ、ちょっと……」

軽く会釈をして、ツララは歩き出す。微笑を湛《たた》えながら悠然とナンパ男のPTを離れる彼女からは、動揺など微塵《みじん》も見えなかった。そして傍まで歩いて来た彼女が囁《ささや》いた。

「ありがとう」

――ま、今はコンビだからな。

† † †

シンジラレナイ。

目の前の光景は、まさにその一言に尽きた。

「だからよ、最初俺は槍を使いたかったんだ。それをタケオが『僕とかぶるじゃないですか！』なんて言うから仕方なく――」

おっさんの熱い話は続いている。タケオというのは、大柄な戦士のことだろう。まぁそんなことはどうでもいい。問題は聞いているほうだ。

おっさんの話に耳を傾けている賢者《ツララ》。その顔は、笑顔だ。彼女が誰かの話に愛想よく耳を傾けるなんて初めて見た。俺にだって笑いかけたのはつい最近……いや、百万歩譲ってそれは良いとしよう。ツララはおっさんの話に相槌を打ちつつ、こんな風に言ったのだ。

「そうなんですか……。それは残念でしたね。きっと槍もお似合いなんでしょうね」

……きみ、誰？

おっさんと離れ、ツララと二人になったところで聞いてみた。

「お前にあんな社交スキルがあったのか」

「当たり前でしょう」

こいつ……

「……普段から使ったら？」

「嫌よ、疲れるもの。今回はタヒトに紹介されたから、失礼のないようにしただけ」

いや、多少は使おうよ、社交スキル。特に俺にはもっとこう、敬意を払っても良いんじゃない？　年上だし。せめて「さん」付けしない？

「それと……『お前』じゃないわ。ツララよ。次に間違えたら、【雷光《ライトニング》】が暴発するかもしれないわね」

あ、はい。気を付けます、ツララさん。

† † †

国王の話が長い。

控え室から呼ばれぞろぞろと馳《は》せ参《さん》じたのは良いが、国王の前口上らしきものが長すぎる。相変わらずのオーバーアクションを交えながら、やれ国の歴史がどうだの、隣の国がどうだの、王妃が怖いだの。こんな話を聞いているくらいなら、ウサギを狩りたい。もしくは武器の手入れでもしたい。

ふと隣を見ると、賢者は静かに瞑目《めいもく》していた。

一見、いかにも賢者っぽい様子だが……寝てないか？　こいつ。

「――であるからして、お前達には褒美を渡そうと思う」

人間の耳とは優秀なもので、必要なことだけは聞き取ることが可能なのだ。

早くそれを言ってくださいよー。王様のイジワル。

「では、今から一人ずつ名前を呼ぶ。呼ばれたものは、前へ進みでろ」

「第五位！　ハガネ・クロガネ！」

「はっ」

屈強な男が進み出た。勇者PTの戦士であるタケオより体は小さいが、全身がゴムマリのような筋肉で覆われている。控え室の隅に一人でいた人だね。

ハガネ・クロガネ――漢字だと鉄鋼《クロガネ・ハガネ》か。名は体《たい》を表すというけれど、まさにそんな男。

「許可証と奨励金だ。受け取れ」

「ははっ」

王の前で跪《ひざまず》くクロガネに、小男が近付く。大臣のジェネルだ。ジェネルはクロガネに、許可証と奨励金が入っていると思われる小袋を手渡した。

許可証とは、この国のだいたいの場所に入ることができる証書らしい。国としては、〈旅行者〉の中でも有望な者を囲いたいという思惑があるのだろう。奨励金も証書も、そのための餌だな。

しかし五位の男――クロガネは強いに違いない。

反則的な金策をした俺とツララは別にして、あとの二組はPT全員の分を換金して100万マークに達したはずだ。純粋な個の力では無いと思われる。それに対してクロガネは一人。彼もまたファトムを狩っていた可能性もなくはないが、《ラビレスト》では見掛けなかった。まともに狩りをして一人でここに居るクロガネ、実質奴が一位なんじゃないか？

そうこう考えている間に、王様が次の名を呼ぶ。

「第四位！　ヨハン・シュネーツヴェル・ホルスタイン！」

なんだその名前は……

「はいっ！」

勢いよく挙手したのは、勇者のおっさんだった。

まさか……おっさん、改名した⁉　どこまでガチなんだ。適当にかっこ良さげな単語を並べた名前。確かに雰囲気は出てる。だけど……だけど最終的に、牛になってるぞ。

どうして誰も止めなかった？　半ば責めるように、タケオ達に視線を送った。

すると、ふっ……と目を逸らし、俯くタケオ達。

その瞬間理解した。彼らもきっと止めようとしたのだ。

だけど、おっさんのあの嬉しそうな顔を見て断念したのだろう。名前を呼ばれただけであああも誇らしげにされると、とても「おかしいです」とは言えない。俺はおっさんの名前をヨハンと頭に刷り込むことに決めた。

残るはあのナンパ男か。勇者より上とは、意外にやるのかも。

「第三位！　オサム・ムカウィ！」

……改名流行ってんの？

ツララと俺も褒美をもらった。特筆すべきことは何もない。ツララは優雅に前に進み出て、王様より偉そうに褒美を受け取っていた。そして俺はごく自然体で対応した、それだけのこと。

「手と足が揃っていたわよ」

うっさい！

褒美を配り終えた王様が、俺達を見渡す。

「さて、許可証と奨励金は行き渡ったな。では先ほど話した通り、一位のタヒト・デイエには、騎士団長との腕試しを受けてもらうとしよう」

え？　何それ。聞いてないんですけど……

14　騎士団長ルーカス

「そんな話あったか？」

思わずツララに確認をする。

「言ってたわよ。王妃のくだりの前あたりで」

「寝てた訳じゃなかったんだな、おま……ツララ」

「よくできました」

ぐぬぬ……

国王らと共に訓練場へ向かう。室内訓練場には、既に多くの騎士達が待ち受けていた。整然と並んだ彼らは、鎧の音も立てず声も発さず、静謐《せいひつ》な空間を作り上げていた。

そして彼らを従えるように、いや、実際に従えているのが、正面の男。

《ルーデン》王国第一騎士団長ルーカス・エルロイ。齢《よわい》六十八にして現役。顔には深い皺が刻まれ、長い髭は白。それでいて生気と戦意に満ちあふれた瞳が輝き、老いをまったく感じさせない。

白を基調とする王国騎士団の装備の中で、ただ一人真紅の兜鎧を纏っていた。腕組みして立ち塞がる姿も、「最強の騎士」という看板に疑いを抱かせない。

「ちなみに、ルーカスのレベルは36。胸を借りるつもりでぶつかれ」

訓練場までの道のりで聞いた、王様の言葉が思い出される。

ふざけんな。この《ラフタ》において、レベル36がどれほど異常な数字か俺は知っている。知ってしまっている。ギルドのお姉さん曰く、レベル10台でその道の一人前からベテラン。20台で一流から超一流。30台は国で一人、二人の逸材……英雄の域。そんなのと、ぽっと出の俺がまともにやれる訳ないだろ。ああ、知らなきゃ良かった。

もしかしたらこの無謀な試合には、天狗になった〈旅行者〉を諌《いさ》める、なんていう殊勝な目的があるのかもしれないが、アレを相手にする俺の身にもなってくれ。

それよりルーカスの俺を見る目……何であんなに睨んでるの？　俺、何かした？

「ほう、今日のルーカスは一段と戦意に満ちているように見える」

王様の傍に控えるジェネルがすかさず答えた。

「魔法使いが相手と聞いてからあの様子です。恐らく、十年前の試合に起因するものと思われます」

「十年前というと……あの娘か！」

「はい。まだ年端もいかないルーキーの女の子が、当時はレベル２０台とはいえ、既に騎士団長まで上り詰めていたルーカス様を打ち負かすという大番狂わせがありました」

「そうか、あの娘は確か賢者だったな……なるほど、なるほど」

王様はうんうん頷き納得した様子。実に楽しげな表情を浮かべたかと思うと、ポンと俺の背中を叩いて言った。

「そういうことだ。期待しとるぞ」

……何を？

「兄ちゃん！　がんばんなよ！」

おっさん改め、勇者ヨハンの声援が聞こえてくる。顔を向けると、今にも飛び跳ねそうなほど興奮しているのが分かる。俺以外の〈旅行者〉は、観戦だ。訓練所の脇に備えられた椅子に座り、呑気にドリンクなんかを啜《すす》っている。

いい身分だな、お前ら。

賢者《ツララ》からの声援は、ある訳ないな。キャラじゃないし。というか、どこいった？

「タヒト」

うおっ、真後ろにいた。

なんだ、わざわざ応援に来てくれたのか……前言撤回、悪かった。

「防具屋に用事があるの。時間がないから早く終わらせなさい」

前言撤回を撤回。ブレないな、おまえ。

「負けて終わればいいのか？」

「私のパートナーに負けはないわ」

「なんだそりゃ……」

ツララの謎の自信に送り出され、ルーカスの前に歩み出る。

「《ルーデン》王国第一騎士団のルーカスだ。俺はこれを使うが、お前は？」

木刀を掲げて彼は言う。木とはいえ……木だ。当たれば痛いに決まっている。

加えて、野太い声にぶっきらぼうな言葉。

正直、以前の俺ならば萎縮してしまっていただろう。

けれども二週間以上の異世界生活で、俺も多少は鍛えられている。

「えー……っ、杖でお願いします……」

「だろうな」

うん、俺もブレてない。

俺の格好はお馴染みの白ローブに白マスク。『ソード・ステッキ』を握り、右腰のホルスターに予備の杖を入れている。どこからどう見ても魔法使い、さもなくば不審者。

間合いをとって相対する。微妙な距離だ。【遅刻】を放つには、近すぎる。対象から離れれば離れるほど、速く放たれる【遅刻】。反対に距離が近ければ、致命的に放出速度が落ちる。

対峙する俺達の間に入ったのは、一見なよっとした男だった。

第一騎士団の副団長らしい彼が、この試合の審判。

「構えて」

その副団長の合図で杖を構える。

老いてなお逞しい体躯を誇るルーカス相手だと、ただの棒切れに等しいようにも思える。

「始めっ!!」

距離があろうがなかろうが、最初にやることは一つ。

十秒で決着を付ける。

「【Exci――】ッ!?」

残りたった一文字。たった一文字の詠唱を諦め、回避に全てを集中させなくてはならないほどルーカスは速かった。一瞬にして間合いが失われる。

そして――

「痛《つ》っ!」

全力で回避したが、それでもルーカスの薙《な》いだ剣先から逃れることはできなかった。

ビシッ、という布が弾ける音。掠《かす》った……が、『白風のローブ』によって敏捷性が補正された跳躍で、ルーカスとの距離をとることはできた。

追撃はない。

危なっ……ローブ《これ》が無ければ回避も逃避もできずに初手で終わってた。

騎士団長ルーカス……化け物じゃないか！

一方、必殺の一撃を躱されたルーカスは……笑う。老騎士の抑えていた殺気が一気に漏れ出したせいか、ちくちくと肌が粟立《あわだ》つ。何か冷たいものが背筋を走った。

「……今のを避けるのか。やはり楽しませてくれそうだ」

そう言ってルーカスは笑う……が、お断りします。

「【Excil《エクシル》】」

誰にも聞かれることのない詠唱が、マスクの下で響いた。

15　タヒト・デイエ

騎士団長ルーカスの猛攻《ラッシュ》が止まらない。

四方から次々と繰り出される剣技が幾重もの閃光となって襲い掛かる。

「どうした！　ほらっ、来ないのか!?」

「く……っそ！」

　行けないんだよ！

【Excil《エクシル》】の効果で奴の攻撃の起動と軌道は分かる。分かるんだけど……そこまで。尋常じゃないスピードに体がついていかない以上、反撃なんてできる訳がなかった。

【Excil《エクシル》】は俺の脳内で、常に回避を推奨する。

『白風のローブ』を装備してなおこの有様。ルーカスと俺には絶望的な差があった。

「ちょっ……まっ……無理っ」

　ブンッという風切り音が目の前を通る。それを紙一重で避けるのは【Excil《エクシル》】の加護があるとはいえ、神経をすり減らす作業だ。だからこんな弱音が漏れても仕方ないじゃないか。

「はっ！　勝負に『待て』は……ないっ!!」

　新たな横薙ぎが、前髪を掠めた。

　当たらないのは分かってる……分かってるけど……怖いわ！

　恐怖は体を硬直させる。【Excil《エクシル》】で回避するのが精一杯なこの状況では、そんな一瞬の硬直が致命的な隙を生む。やがて幾度かの回避の末、それは訪れた。

　――あっ。

　コーン、という乾いた音を残して杖が飛んでいく。ややあって……カランコロンと音が鳴った頃には、俺の首筋にルーカスの木刀が突きつけられていた。

負けた。

……まぁ、仕方ない。こんなの無理ゲーだから。最初から勝てる見込みはなかったんだ。

さっさと帰ろう……そう切り替えて、頭を下げる。

「まいりま――」

「拾え」

え？

きっと間の抜けた顔をしているだろう俺を見下ろし、ルーカスは顎をしゃくって命じる。

「杖を拾って来い」

「いえ……もう俺の負けです」

「まだだ」

は？

「いくら素早いと言っても逃げ回るだけではないか。真の実力を見せてみろ」

「何でそんなことあなたに――」

言いかけたところでルーカスの木刀が俺の首筋から外れた。そのますますいっとツララへ向けられる。

「勝ったのであろう？　そこの賢者に。ならばまだ、何かを隠しているはず」

……馬鹿な。俺が賢者に勝ったのはウサギ狩り競走であって、試合じゃない。まともにぶつかれば、コテンパンにやられる未来が見える。それを根拠にされるなんて滅茶苦茶だ。

そうこう言っている間に、【Excil《エクシル》】の効果が切れた。次に魔法を使えるようになるまで、三十秒のクールタイムが必要……だけどルーカスに引く様子は見られない。殺気なのか剣気なのか知らないが、ピリピリとした圧を感じる。ああ、本気だ。本気でこいつはまだ、俺とやる気。殺《や》る気だ。

くっそ、呑気に韻を踏んでる場合じゃない。いっそのこと、交渉してみるか？　三十秒待ってくださいい、お願いしますと。

いや、仮に待ってくれたとして、そこから何が生まれる？

逃げ回る時間が延びるだけ……最終的には結果は同じ、【Excil《エクシル》】が切れて俺の負け。

「見せるも何も、本当に何もできませんよ」

「いいからやれ。この程度では……足りん。溜飲を下げるにはほど遠い。賢者ではないお前がこの場所に立つ、その意味を知れ」

「だから、俺はただの魔法使い。何も隠してないし、あなたが期待する真の力とやらなんてない」

「ふざけるな!!」

ビリリッと震えるほどの大声が闘技場に響き渡る。

「俺がどれほど……どれほどこの時を待ち望んだか分かるか？　十年だぞ。十年間、再び賢者が召喚される時を待っていたのだ。純白の生地に零れ落ちたたった一つの染み、我が人生最初にして最大の汚点。あの餓鬼《ガキ》が残した恥辱を雪《すす》ぐには、同じ賢者を打倒するほかない」

こめかみに鮮やかな血管を浮かべながらルーカスが睨む。

「その機会を奪ったお前には義務がある。賢者と同等以上の力を示す義務が」

「そんなこと、直接俺とは関係ないでしょう？　恨みはその賢者に返してください」

「はっ……そうだな」

そう言ってルーカスは背を向けた。

なんだ……急に引いてくれた。興が冷めたのか？　何にせよこれで終わるなら良いけど。

そんな甘い考えは、ルーカスが副団長に向けて放った一言で木っ端微塵に打ち砕かれる。

「ネフィ、この男とそこの賢者を交代させろ」

なっ!?

「王の許可が必要かと」

「ならば貰い受けろ」

「畏まりました」

「ちょ、ちょっと！　待ってください！」

王の元へ歩き出す副団長を呼び止めようと動いた。しかし、行く手にはルーカスが立ちはだかる。

「お前の言う通り、賢者と勝負することにした。文句はあるまい」

「そういう意味で言った訳じゃない！　十年前のその賢者とやれば良い、そう言ったんです！」

「知らんな、失せろ」

素気《そっけ》なく返すルーカス。

駄目だ。いくらツラランでも、こいつは無理。あの馬鹿げた速さの剣技を避けることができるとは思えない。この老害が手加減するはずないし、木刀が当たれば怪我どころか……命に関わる。

「約束の試合は終わったでしょう？　もう終わりに――」

ドンッ！

目にも止まらない掌底で胸を押され、体が水平に飛んだ。優に三メートルは吹っ飛び、腰から床に落ちる。

「そうだ、お前との試合は終わった。次はアレだ」

「ぐっ……」

痛みを堪えながら、いきなり突き飛ばしたルーカスを睨む。

「何だ、その目は？」

ルーカスがつかつかと歩み寄ってくる。そして嘲笑いながら俺を見下ろし、眼前に再び木刀を向けた。

「相手は……女の子ですよ？」

「それがどうした。この期に及んで性別など何の意味がある。持てる能力、力こそが全て。お前がやらないと言うんだ、代わりにあの女を叩きのめすほかあるまい。俺としてはそちらのほうが望むところ。なにせアレは賢者なんだからな。それとも……少しはやる気になったか？」

ああ、もう……くそっ。

「……やれば良いんでしょ。俺が」

「はっ！　ならば杖を拾え！　賢者を超える力を見せてみろ！」

荒れ狂ったような闘志を俺に浴びせ、爛々《らんらん》と輝く目で見下ろす老騎士。

こいつは、おかしい。妄執《もうしつ》に憑りつかれ、周囲の迷惑を顧《かえり》みず、己の力を誇示することしか頭にない。俺は狂人が巻き起こした理不尽の暴風に、運悪く巻き込まれた小枝も同然。こいつの都合の良いように、もみくちゃにされながら遥か彼方に舞い上げられ、最後は叩き落とされる運命。そうなることは、知っている。

長い間燻《くすぶ》って、既に燃えるものなど何もないと思っていた心の内に、微かに火が灯る。

理不尽……敵だ、俺にとって理不尽《それ》は。

何てことのない理不尽《それ》に抗《あらが》って、最初の職を失った。自分可愛さに見過ごしておけば良かったのかもしれない。だけどできなかった。失って、転げ落ちて、身動きがとれなくなって……それでも今、ここにいる。新しい世界、何者にも縛られない世界に。

もう、失いたくない。胸躍る朝が、ここにはあるから。

思い出したくない過去を焼き払い、心の底から灼熱《しゃくねつ》が渦巻いた。

また、理不尽《おまえ》がそれを奪うと言うのなら、今度は容赦しないぞ――糞爺《クソジジイ》！

「分かったから、そこを退《ど》いてください」

正面で見下ろすルーカスを振り払い、杖を取りに向かう。

既に、数を数えていた。

（十二……十三……十四……）

容赦はしない。手段は選ばない。だが、慎重に。【Excil《エクシル》】が使えるまでの三十秒を確実なものとするために、数え上げる。十五メートルほど弾き飛ばされた『ソード・ステッキ』を拾い上げる。

調度よい距離だ。

屈みながら、そっと腰のホルスターに手をあてる。

この角度なら奴からは、視えないまま。

(十八……十九……二十……)

時間を稼げ。気を逸らせ。

「ルーカスさんはレベルいくつなんですか？」

屈んだまま、装備を整えるようなふりをしながらルーカスに尋ねる。レベルについてはさっき王様から聞いていたが関係ない。ただの時間稼ぎだ。

「……聞いてどうする？」

「いえ、後学のために」

「36だ。知らないほうが良かっただろう？」

「36……そうですね。知らないほうが良かったと思いますよ、本当に。王国の中でもとびきり有能ということですからね」

「はっ、おだてても加減はしない……さっさと構えろ」

もう、構えてるよ。

立ち上がりルーカスを見据える。

（……二十九……三十）

――【Excil《エクシル》】。

フェイクの『ソード・ステッキ』を構える。これで擬態は完了した。

「実は私も急いでいるんですよ。相棒が五月蠅くて」

「……お喋りは仕舞いだ」

「そうですね。だらだら話して約束の時間に遅刻したら大変ですから」

だから、終わらせましたよ。

無駄話に織り込んだ二つのキーワード。発動した不可避の魔法がルーカスを捉えた。

「いいかげんに……っ⁉」

ルーカスの言葉が止まる。そしてその手から、ぽとりと木刀が落ちた。

石像のように硬直し、動かなくなった老騎士。

ふーん、あんたは焦るとそうなるタイプね。好都合。

ゆっくりとルーカスの元へ歩み寄る。

目の前まで近付いても、彼に動きはない。

ただ、額から滝のような脂汗が流れるのみ……いや、かろうじて口が動いた。

「ちょっ……ちょっと待て！　何か……何かがおかしい！」

でしょうよ。

ルーカスが落とした木刀を拾い上げ、これ見よがしに振りかぶってみせる。

「た、頼む！　待ってくれ！　少しだけで――」

「勝負に『待て』はない……ですよね？」


甲高い音と共に、真紅の兜が宙を舞った。


老騎士が団員に担がれ、運ばれていく。パニックを起こしたルーカスは、兜を弾き飛ばしただけで失神してしまった。しかしこれほど動揺を見せるとは……あの様子だと、次回の〈旅行者〉の相手は変わっているかもな。

魔法効果が切れ、姿を現した予備の杖をホルスターに仕舞い、今の攻撃を振り返る。

【Excil《エクシル》】で捕捉して、【有能】で透明化した【遅刻】を放つ。【有能】は武器だけじゃなく、魔法そのものを見えなくする効果があった。別に、隠していた訳じゃ無い。ただ反則だと思ったから使わなかっただけだ。だって、ズルいだろ？　こんなの。

無防備な相手を後ろから殴りつけるのと何ら変わらない。一応「試合」と聞いていたから、選択肢から外していた。だけど「試合」は終わっていたみたいなので使わせて頂きましたよ、ええ。


デデーン！

職業レベルが上がりました！
【職業】はけん　Lv6　↓　Lv7

ピロリーン♪

新魔法を習得しました！

【破賢魔法】
・英剣準二級

……そうきたか。

16　モンスター

「見せなさい」

「え？」

新魔法の脳内解説を確認しようと思ったところで、背後から声。我が相棒である。

「当たったでしょう？　木刀」

「あぁ、まぁ……だけど大したこと――」

「いいから」

「ちょ……まっ」

ルーカスの剣が掠ったのは脇腹。だからそれを見ようとすると当然、上半身を晒さないといけない訳で。ツララの有無を言わせない圧力と手際の良さで、あっという間に衣服が剥《は》ぎ取られた。俺の理不尽センサーが反応しなくて良かったな。

「腫《は》れてる」

そう言うと、躊躇なくその手を患部に添えた。

確かに内出血しているし、痛かった気もする。けれども脳はそっちの情報をスルーして、肌に触れた細い手のことばかりを伝えてきた。鼓動が早まる。

彼女の手は、名前の通りに真っ白で、名前の通りに冷たかった。

ひんやりした感覚に思わず体が反応する。

「動かないで」

無茶言うな。

賢者が瞑目し、唱えた。

「【治癒《ヒール》】」

杖から放たれた青白い光が一度ツララを包むと、やがて徐々に患部に添えられた右手へと集束していき、一際輝いてから消えた。

へぇ、これが回復魔法。痛みは……ないな。

「終わったわ」

「あぁ……ありがとう」

「当然でしょう。コンビなのだから」

「そうだな……だけどツララさん」

「なによ」

「みんな見てるんですけど……」

バッと周囲を見渡すツララ。

王様はもちろん、他の〈旅行者〉、そして多くの騎士達の視線が集まっていた。

「関係……ないわ」

それだけ言い残して、賢者が離れていく。

ふうん。できるんだな——そんな照れた顔も。

† † †

まぁね、俺も期待はしてなかったんだよ、最初は。毎度のことだから。

だけど今回は説明が少し長かったから。文字数が多かったからさ。一瞬、ほんの少しだけ、期待しちゃった訳。

【破賢魔法】
・英剣準二級　▼そこそこ強い英雄の剣。あると少し安心。1／4

なるほど、全然分からん。試しに使ってみたけれど、何も起こらなかった。

はぁ、またこのパターンか。

「兄ちゃん、どうした？　溜息なんて吐いて。騎士団長様に勝ったのによ！」

勇者のおっさんが俺の背中をバシバシ叩く。

「いえ、なんでもないです」

「そうかい、なら良かった！　いや～、凄かったなぁ。あんなのをひょいひょい躱すんだもんなぁ～」

「怖かったですよ。もうやりたくありません」

「よく言うぜぇ。最後は何があったんか俺レベルでは分かんなかったけどよぉ。きっと物凄い攻防があったんだろ？」

「どうでしょう？　腰でも抜かしたんじゃないですか？」

「騎士団長様が腰抜かしてお漏らしか！　そりゃあ傑作だ！」

がははっと豪快に笑う勇者ヨハン。

おっさん、騎士達がこっちを見てる。自重してくれ。

「ゴホン」

おいおい、後ろに王様もいるぞ。おっさん、後ろ後ろ。

周囲の微妙な雰囲気にようやく気付いたのか、後ろを振り返る勇者のおっさん。

三秒ほど固まったあと、「げぇっ」と小さく唸《うな》ってみるみる顔が引き攣っていく。

「こ、これは大変失礼すま……しました！」

「良い良い。気にしておらん。ルーカスには良い薬になっただろう」

「ははーっ！」

そう言っておっさんは平伏《へいふく》するが、俺はそんな気分にはなれなかった。

何しろこの茶番を命じたのは、王様《こいつ》だからな。

「タヒトよ、よくやった。まさかルーカスに勝ってしまうとはな。どうしてあのような結末になったのか余には分からぬが、ルーカスのあの表情……ただ事ではあるまい。一体何をした？」

「魔法を掛けただけですよ」

「魔法？　どんな魔法だ」

「ものすっごく、もよおす魔法です」

王様はポカンとした表情のあと、一気に破顔した。

「ぷっ……はっは！　面白い！　気に入ったぞ」

俺は気に入らんよ。

「そなたを見込んで頼みがある」

「……なんでしょう？」

「実はお主らの召喚の際に、手違いがあってな……モンスターを呼び込んでしもうた」

「モンスター!?」

「あぁ……今は地下倉庫に棲みついてしまってな。退治しようにも、我が騎士達でさえズタズタにされてしまうのだ」

なんだそれは……。そんな厄介なモノを俺にぶつけるつもりか。

「お主には、そのモンスターを退治して欲しい。どうだ？　頼まれてはくれんか？」

「お断りします」

「は、早いな。もう少し考えて――」

「お断りします。もう危ない目に遭うのはごめんです」

ここでほいほい「はい」と返事をするのは、異世界へ来て舞い上がっている奴のすることだ。

そんなランナーズ・ハイのような異世界ズ・ハイに酔っているつもりはない。

ゲームじゃないんだから。

「そうか……やはり報酬５００万ぽっちでは、そのような危険な――」

「――と!!　いうのは、建前」

「うん？　たてまえ？」

「えぇ。日本人の悲しい習性……本心をぐっと抑えて一度お断りするものなのです」

「そんな習性が……しかしそなた、今、有無を言わさず二回断ったような……」

「空耳でしょう。王様もお疲れなのかもしれません。騎士団長と共に、定期的な健康診断をおすすめします」

「か……考えておこう。では受けてくれるのだな？　頼むぞ」

「はい！」

こうして王からの依頼を正式に受けた。初依頼は緊張するなぁ。

† † †

「面白そうだわ」

そんな理由でついて来たツララと地下倉庫へ向かう。

防具屋はどうした、防具屋は。用事があるんだろ。

案内役の兵士が立ち止まった。ここが目的の場所ということらしい。

「お願いします」

それだけ言って、兵士は距離をとる。

そんなに危ないか？　俺だって単に金で転んだ訳ではない。戦略的思考に基づいての行動だ。

異世界からのモンスター？　そんなの大体オチは読めている。

ガゴッと扉が開くと、カビ臭い空気が一気に押し寄せてきた。

ツララを後ろに置き、中へと踏み入る。

そいつは、倉庫の隅にいた。薄暗闇の中に浮かぶ、二つの光。じっとしたまま動く様子はない。

俺達が一歩足を踏み出そうとすると、警告するようにモンスターの咆哮《ほうこう》が響いた。


「なー」


力が抜けるような鳴き声に、ツララは首を傾げた。

「……猫？」

ほらな。

17　ずるい

「あれは……猫かしら？」

「……だろうな」

「まだ子供じゃない。あの子が騎士をズタズタにしたというの？」

「らしいよ。王様がボケてなければ」

ふーむ、どういうことだろう？　部屋の隅にうずくまるのはどこからどう見てもただの猫。

それも大きさからして子猫だ。この世界に猫がいるのかどうかは分からないが、それにしてもこんな小動物に騎士が後れをとるものだろうか？

ウサギに苦戦したことがある俺が言うのもなんだけど……

とはいえ一つ言えるのは、迂闊には近付けないということ。

使うか？【有給】。

【有給】は常に二回分は残しておくようにしている。こういう時のために。あとは社畜の悲しい習性で。問題は、ここで使えば賢者《ツララ》に見られてしまうということだけども……

「立ち止まっていても仕方ないわ。私が行く」

「え？」

そんな何処かで聞いた台詞を残してツララが前へ進む。

だけどもあの時とは状況が違う。止めないと。

「ちょっと待て、ツララ。迂闊に近付くのは危険だよ」

「ならどうするの？」

「こうする」

仕方ない。

「【有給】」

『ソード・ステッキ』から青い光が放たれる。俺の分身、有給人形が光の中から姿を現した。

人形と向き合い軽い動作のチェック、予備の杖を渡して準備完了。

その様子を黙って見ていた賢者が口を開いた。

「あなたの魔法、無茶苦茶だわ」

「俺もそう思う」

彼女の前に有給人形を立たせる。

「そいつを盾にするから、ツララは下がって傍にいて」

「……ずるいわ」

何が？

俺の分身がおそるおそる子猫に近付いていく。攻撃されても痛くはないが、怖いものは怖い。じりじり間を詰め、残り一メートルほどのところで、子猫が立ち上がった。

「【Excil《エクシル》】」

念には念をだ。ビビリじゃないよ！

子猫がとてとてと歩み寄る。

これは……。【Excil《エクシル》】が、立ち上がった子猫の足運び、僅かに見える背筋などから次の行動を先読みする。結果——予想通り、俺の足にその小さな体をすり寄せた。

どうしよう……

おそるおそる抱き上げてみる。無垢な目が俺を見つめた。

「なー」

うん……どう見ても猫だな。

分身から本体の俺の手に猫が渡る。それでも何も起こらない。

「おかしなところは？」

「ないね」

「そ、じゃあ……私に抱かせて」

「え？　あ、あぁ」

女の子のような台詞に驚きつつ、ツララに子猫を渡した。

そしてその子猫を抱いた瞬間、ツララの表情が一変する。

――おい、なんだその顔は。キャラじゃないぞ。

「可愛い……」

子猫の柔らかそうな毛並みに頬ずりするツララ。蕩《とろ》けたように笑みを浮かべている。

――よせ、賢者。その表情はずるい。

「なー」

お願い。止めて。願い空しく、子猫の鳴き声に応えて彼女は言った。

「なー」

……くっそ。

「どうしたの？　苦しそうな顔をして」

「いや、ちょっとゲシュタルトが……」

「？」

† † †

「おお、もう帰ってくるとは！　モンスターを退治できたのだな？」

「いえ、持ってきました」

「は？」

王様の驚きを無視して、ツララは抱えた子猫を差し出す。

「これが……モンスター？」

「と、思われます」

どうやら王様は、この猫を初めて見たようだ。

「大人しいようだが、お前達が調教したのか？」

王様の問いに、ツララは首を横に振る。

「いいえ、勝手に懐《なつ》いてきました」

「ふーむ……どう見ても強そうには……むしろ……」

王様の表情がにへっと崩れる。お前もかよ。

「どれ、余にも触らせてくれ」

そう言って王様が子猫に手を伸ばした。その瞬間――

「にー」

子猫の体から光が放たれた。光は子猫の頭上で銀色の細長い棒状へと変形する。

やがて三十センチほどの、先端が鋭い棒が三つ現れたところで、俺は王様を思い切り引っ張った。

「えっ？」

ドスドスドスッ！

「なにを……っ!?」

王様の抗議は、自分が先ほどまで居た場所に突き刺さった銀の棒を見て呑み込まれた。

「これは……一体？」

「騎士がズタズタにされた原因でしょうね」

俺が予測を述べると、ツララも頷く。

「特殊な力を持っているということかしら」

「おそらく」

銀の棒は、王様が一定の距離をとったところでとフッと消えた。

どういうことだ？　俺とツララは何ともなくて、王様には攻撃した……あと騎士もか。

サンプルが少ない。もっと情報が必要だ。

「おっ！　子猫ちゃんじゃねぇか！　この世界にもいるんだなぁ～」

騒ぎに気付いたおっさんが駆け寄ってくる。

「どれどれ、俺にも触らせてくれ」

どいつもこいつも、どんだけ猫好きなんだ。確かに可愛いけど……

いや、待て。おっさん、そいつはあぶな——

「よーしよしよし。くぅ〜可愛いなぁ」

あれ？　触《さわ》れてる。もしかして……

「ちょっと、そこの……神官さん？　こっちに来て下さい」

「え？　私……ですか？」

たまたま目が合った神官らしき人物を俺は呼んだ。

「そこに立っていて下さい」

「は、はぁ」

念のため【Excil《エクシル》】を唱え、ツララにお願いして、猫を神官にそっと近付けてみた。

「にー」

子猫が光る。王様の時と同じく、銀の棒が飛んでくる前に神官を引っ張って回避。

ドスドスドスッ！

「ひぃっ⁉」

「ありがとうございました」

ごめんよ、神官。

勇者おっさんの無自覚な行動と、王と神官の犠牲によって導き出された仮説。おそらくこの子は、

《ラフタ》世界の人に反応して攻撃するのではないか。確定するには、もっと実験が必要だけど。

それにこの銀の棒は――あ。

「神官さん、ちょっとこの猫見てもらえません？」

「な、なんだ⁉　今度は何をさせるつもりだ！」

凄く警戒させてしまったようだ。神官は身を小さくして震えている。

「心配しないで下さい。この距離にいれば攻撃はされませんから」

「本当か⁉　本当なんだな？　神に誓うか？」

「ええ、誓います」

「……わ、分かった。何をしたら良い？」

「アレですよ、アレ。職業を見る――」

「こ……子猫《こいつ》をか⁉」

「そうです、お願いします」

神官は不承不承《ふしょうぶしょう》ながら了解してくれた。すっと目を閉じて集中し始める。先ほどまで震えていた体が、ピタリと止まった。あんたもプロだな。

啓示が下され、神官の目がカッと見開かれる。

そして子猫を見下ろして叫んだ。

「フリーランス！」

18　ユキ

なるほど、あれは銀光の槍ということだったのか。自由に槍を操作するからフリーランス……気ままな猫の性格も反映した職業。……などとすんなり受け入れてしまうあたり、破賢魔法に毒されているのかもしれない。

周囲は騒然としていた。神官が突然意味不明のお告げを発したためだ。

叫んだ当人も、恥ずかしそうに目を伏せている。何かすまん。

しかし職業持ちの猫……か。どうしよう？

放っておくと《ラフタ》の人々を襲ってしまうし、既に騎士に怪我を負わせているから、元の世界の基準に照らせば相応の罰則は免れない。ヘタすれば極刑だ。

猫に刑が当てはまるかどうかはさておき……うーん。

「職業持ちのモンスターとな……」

「神官は何故、猫に職業を授与したのですか？」

「まさか。職業授与《あれ》はただの儀式だ。《ラフタ》へ来た瞬間、既に〈旅行者〉達の職業は定まっておる。神官はそれを見抜き、告げるだけなのだよ」

「なるほど……」

「しかしこいつはどうしたものか……」

王様が唸《うな》り始め、周囲の配下達もヒソヒソと何事か囁いている。これからこの猫の処遇を巡って、侃侃諤々《かんかんがくがく》議論が始まる――という予想は、賢者によって一蹴された。

「この子――ユキは、私が預かるわ」

「え？」

預かるって……それにもう名前を決めていらっしゃる？　雌なの？

ユキ――いや、確かに真っ白な猫だけれども。

「私が責任を持って管理します。悪い人でもない限り、絶対にこの世界の方々に危害は加えさせません。どうですか？」

決然とした表情には、有無を言わせない迫力があった。誰もが口を噤《つぐ》む。

賢者にして氷の女王に抗える者は、ここにはいないようだ。

「賢者のそなたが言うのであれば……。こちらで預かる訳にもいかんからな」

「騎士に怪我をさせておりますが、宜しいんですか？」

藪蛇《やぶへび》かと思いつつも、念のため俺は王様に尋ねた。あとになって猫と一緒にお尋ね者にされても困るし。

「幸い、重症者はおらん。それに元々我らが過《あやま》って呼び込んだのだ。無下《むげ》に扱う訳にもいくまい」

意外と話せる王様だった。ほんの少しだけ好感度が上がる。

「では任せたぞ」

「はい」

王様の許しを得て、ツララは子猫を飼うことになった。

報酬を受け取って……やっと帰れる。

「兄ちゃん、またな！」

勇者ＰＴと別れの挨拶。おっさんは最後まで笑顔だった。

クロガネやオサム達の姿は既にない。もう帰ったか。

† † †

報酬５００万マークの内、１００万マークは返金しておいた。怪我をした騎士と協力してくれた神官にでも渡して欲しい、ということにして。アフターフォローは大事。これが元の世界でもできていたらなぁ。

残り４００万マークをツララと折半する。飼うのは彼女だから配分を変えても……と言ってみたが、「あなたの依頼だもの」とお断りされた。

一度こうなったらどこまでも氷柱《つらら》という気がしたので、無駄な抵抗は止めて諦めました。

ツララと二人、更に一匹を連れて城を出る。彼女の腕の中で、子猫は気持ちよさそうに寝ていた。

相変わらず、賢者の表情は柔らかい。

「好きなんだな、猫」

思わず声に出てた。

こちらを向いてきょとん、とするツララ。

変なこと言った？

「何？」

「何でもない」

ふふっと笑ってツララは猫を撫でる。

何なんだ。

「飼ってたのよ、元の世界で」

暫く歩いたところで彼女が呟いた。

「《ラフタ》に来たことは悔いていないけれど、あの子に逢えなくなったのは……」

「……だから預かるって？」

「ええ。一目見て、思い出してしまったから」

そう言って視線を落とす。その表情が、なんとなく儚げに見えた。

「だけど周りの人が危ないかも――」

「大丈夫」

きっぱりと返された。

「なんで？」

「人間と同じよ。どんな猫にも……踏み込んで欲しくない領域があるの」

「へぇ」

「この子の場合は半径一メートルくらいかしら。王様と神官の時を考えるとね。その領域に入ってきた気に入らない人間を襲うのよ」

なるほど、流石に詳しいな。ツララの見解は俺とほぼ同じ。付け加えるなら、恐らくその気に入らない人間というのが、この猫にとっては《ラフタ》の人間なのだろう。まぁ、あくまで今のところの仮説だれども。

「一度気に入られた俺達には、攻撃しないってことか」

「ええ。それに、逆の可能性も」

「逆？」

「危ない目から守ってくれるかもしれないわ。傭兵《フリーランス》なんでしょう？」

参りました。


王城の門近くまで来たところで、俺達は足を止めた。行く手を遮《さえぎ》る者達が現れたからだ。

「やぁ、待ってたよ」

ナンパな男、オサムが長い茶髪をかき上げる。女性三人を引き連れ、俺達を待ち構えていたようだ。

あぁ、こいつのフォローを忘れていたよ。

何の用でしょうか。怪訝《けげん》な表情だけで、それを伝えてみる。

「君に用はない」

お、伝わった。

「用があるのは賢……ツララちゃんだけだ」

まさかこいつ、あれだけ無視されて……

「ツララちゃん！　僕のＰＴに入ってくれないか！」

ここまでくれば天晴《あっぱ》れだよ、逆に。

†　†　†

ある意味勇者なオサムが立ちはだかる。

ツララは……うわー、凄く面倒臭そう。どうしましょう。

「ツララちゃん、僕のＰＴへおいで。そんなおかしな格好の人間と一緒に居てはいけない」

おかしな格好って……余計なお世話だよ。

「あなた達見てなかったの？　この人、格好はおかしいけれどあの騎士団長に勝ったのよ？」

おい！

「勝ったって……爺さんが急に動かなくなったアレかい？　あんなのは勝ったとは言えない。弱った老人を叩いただけだ」

確かに傍《はた》からはそう見えるか。オサムの中では、前半部分の俺の奮闘はカットされているようだ。

「タヒトはあなた達より強いわ」

声色が変わった。いつもより低く……冷たい。

「あはは っ！　僕より強い？　魔法戦士のこの僕より？　あり得ない」

「クラスアップ順位で既に負けているじゃない」

「どんなトリックを使ったか分からないけど、そんなものは実力じゃないよ。それに……」

魔法戦士オサムが薄ら笑いを浮かべる。

「思い出したよ。こいつは『はけんのひと』だ」

思い出しちゃったか。面倒だな。

「『はけんのひと』？」

「やっぱり知らなかったんだね。こいつの職業は『はけん』なんだよ。おかしな格好をしていたから分からなかったけど、間違いない」

ちらりと視線を向けた彼女に、小さく頷く。もはや隠しても仕方ない。

それを受けて、賢者が口を開いた。

「で……それが何？」

「何って……そんな奴に、君と一緒にいる資格はないよ」

オサムの言葉にふっと失笑を漏らしたツララは、彼らを見据えて言い放った。

「あなたこそ口を挟む資格はないわ。私達はコンビなのだから」

「コンビって……君達は付き合ってるのか？」

何を言ってるんだこいつは？　お前の頭の中はそれだけか？

「そうよ」

そうだ！　言ってやれ！

……え？

「私達、付き合ってるの」

「嘘だっ！」

嘘だ！

「嘘ではないわ。ねぇ、タヒト？」

「何言って——痛っ!?」

こいつ……後ろ手に持った杖でぐりぐりと……

くそっ、演技をしろってことか？

俺だって馬鹿じゃない。それくらい察することはできる。何か考えがあるんだな？

ならば……良いでしょう。幼少の頃、「森の賢者」と呼ばれた名演技、お見せしましょう。

「そうだぼくたちはつきあているんだ——痛っ!?」

あぁ、「森の賢者」っていうか……木の役だったな。

棒読みだったからってまた小突《こづ》かなくてもいいじゃないですか……

「そんな馬鹿な……信じられない……」

ほら、俺の名演も捨てたもんじゃないぞ。

「本当よ。私、この人に夢中なの」

今まで見たこともない艶やかな笑みを浮かべる少女。

おいおい、楽しそうだな。でも悪ノリが過ぎないか？

「嘘だ！　嘘だ！　嘘だ！　信じないぞ！」

髪を掻《か》き毟《むし》りながら取り乱すオサム。そのあまりにも残念な姿に、彼のＰＴメンバーすら若干引いている。こいつにとって、ツララを逃したことがそんなにショックなのだろうか。それとも相手が俺だからなのか。

「……勝負しろ」

「え？」

「僕と勝負しろと言っているんだ」

「な、なんで？」

「勝ったほうがツララちゃんとＰＴを組む」

理由になっていないんですが……。もはや理屈が通じないのか？

ふとツララに目を向けると……

やっておしまいなさい！

そんな顔をしていた。こいつ……あとで何か奢《おご》らせるからな。

観念して前に進み出たが、足取りは重い。はぁ。さっさと終わらそ。無言で杖を構える。

それを見たオサムが、笑みを取り戻した。

「はは……やる気なんだね。レベル6のこの僕と」

レベル6。ルーカスが36だから、ちょうど1／6ルーカスか。フィギュアみたい。

オサムも抜刀の構えを取る。

いきなり【遅刻】でも良いけど、それだと後からズルだなんだと五月蝿そうだし……真っ当に勝つほうが良いかな。

だから——

「【Excil《エクシル》】」


マジかこいつ……。剣の柄《つか》を握るオサムを見て呆れる。

抜かれた剣が炎に包まれていたから。

殺《や》る気かよ!?　危ないやつだなー。

とはいえ、たかだかレベル6の抜刀術。ルーカスが見せた鬼畜の如き剣技に比べれば圧倒的に遅い。

それに……【Excil《エクシル》】の前では無力。これから業火を纏って振り抜かれるであろうオサムの右手を、ダッシュの勢いそのままに——蹴った。

「なっ!?」

魔法使いからまさかの攻撃を受けたこと。そして必殺の抜刀術を止められたことで驚愕の声をあげる魔法戦士。その隙を逃さず、更に体当たりで突き飛ばす。

我ながら酷い戦い方である。

「ぐっ……」

倒れ伏したオサムに『ソード・ステッキ』を突きつける。

「こ、こんな棒切れで僕がやれると――」

「思ってるよ」

――カシュン！

杖から飛び出した剣が、オサムの乱れた前髪を撫でた。

「ひっ！」

「まだやる？」

ぷるぷると首を横に振る男。

俺は一呼吸置いて杖を引いた。

「じゃ、これで」

やっと帰れる。

ツララの嬉しそうな顔がむかつく。絶対に奢らせるからな。

「ないよねー」

「ひくわー」

オサムの醜態が目に余ったのか、彼の仲間達からも不満が漏れ聞こえた。

それがオサムに何をもたらしたのかは分からない。

呆然とした状態から立ち上がった彼は、あろうことか、再度ツララへの執念を見せた。

「ま、待って――」

「にー」

賢者の肩に手を伸ばしたオサムへ、銀の閃光が襲い掛かる。

ドスドスドスッ！

「へっ？」

オサムが素っ頓狂な声を上げたのも無理はない。

彼の左足は、三本の槍によって地に縫い付けられていたのだから。

魔法戦士の絶叫が響いた。

あれ、こいつ《ラフタ》の人間じゃないよね？

19 魔法道具《マジック・アイテム》

騒ぎを聞き駆けつけた兵士達に囲まれ、事情聴取が行われた。

また面倒なことに……と内心思っていたが、意外にもオサムの取り巻きA・B・C子が事のあらましを説明し、オサムの非を認める発言までしていた。

彼は見切りを付けられたのかもしれない。女性の心変わりは【早退】よりも早い。

子猫が生み出した槍はすぐに消えてしまったけれども、オサムの足は間違いなく貫かれており、彼は今も蹲《うずくま》っている。赤く染まった足を抱えるオサムの姿は哀れだ。

全てに絶望した彼が暗黒方面に堕ちないか些《いささ》か心配だが、俺はそれほどお人好しでもないのでさっさと帰ろう。アフターフォローも人を選ぶよ。

ようやく城を出て一息ついたところでツララが呟く。

「さっきはありがとう」

「何か奢ってもらうからな」

「分かったわ。ユキもありがと」

子猫を撫でるツララの微笑み。思わず見蕩《みと》れて油断した。

「『はけん』って？」

うおっ、急に踏み込んでくるな、きみ。

「俺の職業で間違いないよ。で、魔法が『破賢魔法』」

「ふうん。騎士団長と戦っていた時に、なんか怒っていたように見えたけれど……貴方の経歴と関係あるのかしら」

鋭すぎる……だから賢者なの？

「まぁな。元の世界で何度も理不尽《ああいう》な目に遭ったからな。おかげでランキング入りだ」

「ランキング？」

「退職理由ランキング。理不尽は一位。ダントツ」

「理不尽が？　何それ」

微笑とも嘲笑ともとれる表情を浮かべるツララ。

「だけど貴方……大根《だいこん》ね」

「ほっとけ。それにオサムには通じたんだから良いだろ？」

「良くないわ。今後も同じような状況があるかもしれない。アレでは木の役くらいしか務まらないわね」

だからなんで知ってんの!?

ぐぬぬ……

「ツララは上手かったな。無駄に」

「そうかしら？」

「あぁ、悪ノリしてたけど」

彼女の視線が落ちる。

「……下手よ、演技は」

「そうかなぁ」

「私、演技は下手なの」

「なんで二回言う」

はぁ、と溜息を吐いたツララは、呆れを通り越して冷めきった目で言った。

「……やっぱりあなた、木がお似合いよ」

ひどくない？

† † †

賢者が用があると言っていた防具屋を素通りし、俺達は武器屋へ向かった。

道中、猫の能力について話し合った結果だ。能力の発動条件については、「異世界人、又は気に入らない相手が半径一メートル付近に入ると攻撃する」で見解が一致した。

まだ確定ではないけれど、おおよそ外れてもいないはず。問題はこの能力が魔法なのか否かということだった。仮に魔法であった場合、明確な問題が一つ。ユキは発動媒介——すなわち、杖のような媒介となる道具を持たない。いや、持てない。

——杖なしの魔法は暴発の恐れがある。

もしかしたら、今までは運が良かっただけかもしれない。そもそも魔法か否かを確かめる術も分からないので、とりあえず情報元の武器屋へとアドバイスをもらいに行こうと決めたのだ。

「うーん、そいつは武器屋《うち》じゃあ役に立てないねぇ」

「そうですか……」

武器屋のお爺さんは親身に話を聞いてくれたが、首を捻《ひね》った。

「だが魔法を補助するアイテムなら、向かいの店にあるかもしれない。あの魔法道具屋へ行ってみな」

「ありがとうございます」

魔法補助……魔法補助装置か。確かに武器屋というより魔法道具《マジック・アイテム》だね。

「あっち、あっち」とお爺さんに促され、魔法道具屋へと入った。

薄暗い店内はがらんとしており、一見して商品らしきものが見当たらない。

剥き出しの床や壁には、ぐねぐねと曲がった不思議な紋様が描かれていた。

「いらっしゃぁい」

ぽつんと置かれた机の向こう、椅子に腰を掛けた女性から間延びした声が掛かる。

彼女がこの店の主人のようだ。

「あらぁ、ご夫婦かしらぁ?」

「違います」

「そうなのぉ? 何をお探しかしらぁ」

立ち上がることなく、僅かに首を傾ける女性店主。

ともすれば失礼に思える態度だったが、彼女の放つ妖艶な雰囲気がそれを打ち消していた。俺よりは少し年上、二十代後半くらいだろうか。紫がかった長い髪は背の辺りまで編み込んである。肩口を大きく露出した丈の短いドレスともローブともいえない服を纏っていた。

ちなみにこの人、椅子の上で足を組んでいるんだよね。目のやり場に困る。

「えーとですね……」

雰囲気に呑まれつつも、女性店主に事情を話した。

できるだけ手短かに説明しようとするのだが、彼女が時折零す「へぇん」とか「はぁん」といった吐息のような相槌に、挫《くじ》けそうになる。しかも頻繁に組み替えられる足のせいで、途中で何を話したか忘れることもあったが……仕方ないだろ？

「おもしろいわぁ」

一通り話し終えて、女性店主が笑った。

「そんな訳の分からない魔法を使う生き物もぉ、それを飼おうとするあなた達もぉ」

「……魔法、なのですか？」

「突然槍が出るなんて魔法以外ないわぁ。それに光ったんでしょぉ、その子」

「えぇ、槍が出た時に」

「なら間違いないわぁ。詠唱もしてるはずぅ」

「詠唱……」

確か槍が出た時は、「にー」だったか？　あれが詠唱なの？

――ジャラララッ。

彼女が肩肘をつくと、机の上に何かが落ちた。それは中央に白い石が嵌まったペンダントだった。

「『白曜《はくよう》のペンダント』ぉ。持っているだけで、杖と同様の効果があるわぁ」

そんな便利なものがあるなら俺も——

「300万マークでどうかしらぁ」

……ほげー。

魔法道具《マジック・アイテム》が滅茶苦茶高いということは知っていたのだけれども、セクシー女性店主が提示した金額には絶句してしまった。

300万マーク。まるで全て知っていたんじゃないかと訝しく思えるほどに、城で受け取った奨励金と報酬を合わせた額と同じである。だから支払えないことはない……ないが、ポンと出せる金額でもない。即断即決に定評のある——武器屋のお爺さん談——俺でも、ここは一旦持ち帰って検討する状況だったのだが……

「買うわ」

ポンと出される札束。女性店主を見下ろす賢者。凍てつく眼差し。

そんな視線を受け、店主の口角がゆっくりと上がる。すると、「癒し系」の象徴のようなタレ目も、口角と連動して変化していった。そこには、先ほどまでのねっとりした雰囲気は一切ない。纏う空気を一変させた店主は、歪んだ笑顔でツララを見据えた。

……キャラ変わってません？

鋭氷《えいひょう》と怪艶《かいえん》の視線が、沈黙の中で絡み合う。

何これ怖い……。永遠とも思える数秒の後、先に口を開いたのは店主のほうだった。

ふっと一笑し、氷から視線を外す。

「うふふふ。やっぱりおもしろいわぁ」

再び顔を上げた時には、元のゆるい表情に戻っていた。

「じゃあ商談成立ということで」

「まだよぉ」

ツララが話を纏めようとしたところで、店主から待ったが掛かる。

「あなた達のお話だとぉ、今のままだと人前に出せないわよねぇ、その子ぉ」

ツララから一旦俺の腕の中に預けられているユキに視線を向け、店主が指摘した。

確かに彼女の言う通り、子猫を人前には出せない。手当たり次第に周囲の人間を串刺しにしてしまうかもしれないから。ペンダントによりユキが無事に魔法を使えるようになるのは喜ばしいことだが、発動は結局ユキ次第なので恐ろしいことに変わりはない。

だけどどうしろって言うんだ？　賢者がどんな管理をするかは分からないが、檻にでも入れておくしか——

「だからぁ」

——ジャラララッ。

店主が再び机に何かを落とす。今度は黒い石の嵌まったペンダントが二つ。

さっきも思ったけど、どこから出してるの？　ペンダント《それ》。

「『黒曜《こくよう》のペンダント』よぉ。『白曜のペンダント』とは対になってるぅ。魔力を注げば、『白の持ち主』の魔法を封印できるわぁ」

何それ。凄く便利なアイテムだけど……

「効果時間と範囲は？」

「身に着けている限り永続よぉ」

ツララが素早く問い、即座に店主が返す。

「元々これはある親子が装備してたのぉ。子供が魔力操作が苦手でねぇ。暴発しないように子供に『白』を持たせて、夫婦が『黒』で管理してたのぉ。子供が大きくなるまで五年くらいだったかしらぁ。一度も暴発は無かったってぇ」

夫婦、という単語にツララが僅かに反応した。

「こっちは100万マークでいいわぁ。しかもぉ、今買ってくれるならもう一個つけちゃう」

うふっとお茶目さをアピールする店主。先ほどの惨劇を目の当たりにしているのでお茶目効果は今一つだ。意外に安い？　というのは錯覚。加えて、どこかで見たことがあるような販売手法なんだけれど……女性店主も〈旅行者〉なのだろうか？

こういう売り方で言いたいことは一つ。

「一個で良いから半額で――」

「買うわ」

「へ？」

「手持ちのお金が足りないから、少し待ってちょうだい。買うから。絶対に」

おいおい……さっきから男前過ぎない？

「ちょっと待てよ、ツララ。二個あっても意味ないんじゃないか?」

「あなたも持てばいいのよ。二人で管理したほうが、漏れがないわ」

なるほど、と納得しそうになるが、やっぱり一個で50万のほうが……

「バラ売りはなしよぉ。二個で100万マーク。そこは譲れないわぁ——売れないのよね、『黒曜《こ》のペンダント《れ》』」

ダメかー。最後にボソッと呟いた店主の言葉は聞き取れなかった。

「二個で問題ありません」

「じゃあ合わせて400万マークねぇ」

「タヒト、少しここで待っていて。お金を持ってくる」

氷の女王はもう止まらない。

はぁ……

「払うよ。半分の200万マーク」

「いいの?」

「まぁ……ユキを連れて来たきっかけは、そもそも俺の依頼だったしね」

「——ありがとう」

どういたしまして。

「まいどありぃ~。またきてねぇ~」

セクシー店主のまったりした見送りを背に店を出る。当分「また」はないだろうけど。

一瞬にして、今日貰った３００万マークのうち、２００万マークを使ってしまった。

こうなると、怪我した騎士達などのアフターフォローと恰好つけて返金した１００万マークが急に惜しくなってくるのはなんでだろう。大金を持つと気が大きくなる……俺は宝くじに当たってダメになるタイプの人間なのかもしれない。

並んで歩くのはもっとダメそうな賢者、ツララ。金遣いが豪快すぎる。

彼女の胸には、黒のペンダントが鈍い輝きを放っていた。

「あら、似合うじゃない」

「……そうか？」

そして俺の胸にも黒い光。

「別に今は付けなくても良いのでは？」という疑問は「油断大敵よ」という賢者の一言で封殺された。

「白いローブに良く映えるわ」

「なら良いけど」

確かに目立つ。逆に彼女のペンダントは黒いローブに溶け込んで、遠目では分からないかもしれない。その代わりと言ってはなんだけど、抱えた白猫がその存在を主張していた。

人通りの多い街中でも、ユキの魔法が発動する兆候は見られない。

ペンダントの効果は確かなようだ。

子猫を撫でながらツララが溌剌《はつらつ》と言う。

「さっ、次は防具屋よ」

いやに元気だよね、あなた。

† † †

疲れた……。今日は一日が異常に長かった気がする。

ツララは防具屋でローブを受け取っていた。

賢者専用装備の貴重品で、他の街から取り寄せたらしい。

「なんでこの店にないアイテムを知ってたんだ？」

「カタログがあるじゃない」

「え？」

本当にありました。

冷やかしと睨まれながらも足繁く防具屋に通って装備を確認していた俺の努力は……

お取り寄せにカタログ……あちこちで〈旅行者〉の影が見える。

冒険以外の分野でも、この世界に少なくない影響を与えているようだ。

ツララは新品の黒いローブ――黒に何かこだわりがあるのか？――を受け取ると、僅かに迷う様子を見せたが、結局支払いを済ませていた。

その後、少し店内を見て回ってから、彼女と別れた。

宿屋へ着いた時にはすっかり暗くなっていた。いつもと違う時間の帰宅に、宿屋の親父も訝しむ。

「遅かったな」

「ええ、いろいろありまして」

「そうか。アレ、できてるぞ」

「本当ですか？　楽しみだなぁ」

期待に胸を膨らませながら、食堂の席に着く。

暫くしてドンッとテーブルに置かれたのは、湯気が沸き立つ大鍋だった。

「さぁ、たっぷりあるぞ。食え」

「一人では食べきれませんよ。皆さんにもどうぞ」

「いいのか？」

「ええ、お世話になってますんで」

「じゃ、遠慮なく」

親父はすーっと息を吸い込むと、食堂の全員に聞こえるように叫んだ。

「お客さん！　今日のメニューは特別だ！〈ファトム・ラビット〉のシチューが食べたい奴ぁ、ここに並んでくれ！」

さほど広くない食堂内がざわめく。

「〈ファトム・ラビット〉だって？　嘘だろ？」

「無料《ただ》なのか？」

「そんな訳ないだろ。アレの肉がいくらすると思ってる」

宿泊者の混乱を制するように親父が言う。

「もちろん追加の料金はとらねぇよ！　そこの旦那の奢《おご》りだ！」

グッと親指で俺を指す親父。皆の視線が集まる。

ちょっと恥ずかしい。

「うひょー！　マジかよ!?」

「並ぶ！　並ぶぞ！」

「兄ちゃん、ありがとな！　変な格好だけど、あんたはできる男だと思ってたぜ」

その一言、要る？

鍋の前には、あっという間に行列ができあがった。並んでいる人には悪いけれど、一足お先に頂きます。熱々のシチューをスプーンですすった。

「美味《うま》い……」

見た目、食感は鶏肉。けれども口に入れた瞬間にとろけて脂が染み出る。

濃い目の味付けのシチューに負けない存在感。これがファトム。これが５０００マーク。

「こりゃうめぇ！」

あちこちで感嘆の声が上がる。

「こんな美味《うま》いモノ……ありがとなぁ」

「ありがとう、白い人！」

「〈オールホワイト〉とか言ってすまなかったな」

感謝の言葉を頂き、しまいには握手まで求められてしまった。

変な呼称が混じってた気もするが……

皆の笑顔で活気付く宿屋の食堂。大勢に囲まれながら上手いシチューを掬《すく》う。

そんな中でふと思った。

ツララはご飯、どうしてるんだろ。

†　†　†

木々がざわめく《ラビレスト》の中を白と黒の影が疾走する。

ツララの新しいローブには速度上昇の効果があるらしく、『白風のローブ』を装備した俺の走りにしっかりと付いて来ていた。途中、意地になって全力を出してみたが振り切れない。

「ユキを抱えているハンデがなければ私の勝ちよ」

賢者が悔しさと誇らしさの交じった妙な面持ちで言い放つ。

あなたも負けず嫌いですね。

確かにツララが言う通り、フェアな勝負ではなかった。ツララのローブの右胸には大きなポケットがあり、そこにすっぽり白猫が収まっているのだ。彼女は子猫を気遣いながら走っていたということになる。

「そんなポケット、最初からあるものなのか？」

「ないわ。お店に頼むか迷ったけれど、自分で縫ったの」

「へぇ……」

「何？」

「何でもない」

意外すぎる。……などと言うと雷が飛んでくる可能性があるので止めておいた。

昨日ローブを受け取る際に一瞬迷っていたのはそういう理由だったのか。

さて、狩りの前に実験だ。覚えたての新魔法。

「【英剣準二級】」

……うーん、やっぱり何も起きない。何か発動条件があるのだろうか？　文字を確認すると、1／4という数字は変わっていなかった。つまり【有給】のように残り使用回数ではないのだろう。

では、何なのか？　考えても分からないので、我らが賢者様に相談してみた。

既に、ツララには覚えた破賢魔法の全てを説明している。

「一つしかないじゃない」

「え？」

賢者様は即答した。

「確率よ」

20 【英剣準二級】

眼前に、剛球が迫る。

「ひっ」

うなりをあげるそれを間一髪で躱し、ホッとしたところで声が聞こえた。

「次行くわよー」

賢者がゆったりとしたテイクバックを開始する。その手に握られているのは小石だ。

「ちょ、ちょっと待って――」

という制止は少し遅かった。

「えいっ」

可愛いげな掛け声とは裏腹に、恐ろしい速さで石が飛んでくる。

「どわっ！」

ほとんど偶然で避けることができた小石は、ビシビシビシと草木を弾きながら森へ消えていく。

「だめねぇ」

残念そうに呟く少女。

見ようによっては、イジメの現場である。しかしこれは、れっきとした魔法の実験。考案したのは勿論、賢者様。英剣準二級の魔法説明には、「そこそこ強い英雄の剣。あると安心。1／4」とある。彼女はそこから、危機回避型の魔法と推測したらしい。

1／4はその発動確率ではないか？　ということだ。この説明文の何をどう読み解けばそうなるかは分からないが、全知なる賢者様がそう仰っているのだから信じるほかない。

という訳で始まったのがこの実験なのだが……

「次、行くわよー」

「ちょっと待て！」

「……何？」

「おま……ツララ、肩強すぎだろ」

「英剣を使ったら適当に石を投げるから避けて。魔法が発動するかも」という彼女の指示に従い位置についたものの、こんな剛速球が飛んでくるとは聞いてない。小石とはいえあんなもの当たったら、打撲で済むかどうか。

「スポーツは得意なの。私の魅力の一つね」

「なんだそりゃ……」

得意げに言い放つ少女。

「【Excil《エクシル》】を使えばいいじゃない」

そんな速い球が飛んでくるとは思わなかったんだよ！

腑に落ちないがとりあえず呟いた。

「……【Excil《エクシル》】」

賢者の女の子とは思えない美しい投球フォームが、その剛球の軌道を教えてくれる。

絶対に当たらない位置に体を移動し、小石が来るのを待った――が……

キンッ！

俺の脇を通り抜ける前に、小石が何かに弾かれる。

一瞬だけ見えたそれは剣だった。解説の通りなら、そこそこの。

英剣準二級はツララの予想通り、そこそこの英雄の剣がそこそこの確率で身を守ってくれる魔法だった。

び、微妙ー。

やっぱりねとまたまた得意げな賢者をよそに、俺はこの魔法が使える子かどうかに疑問を感じていた。そこそこの英雄がどの程度の攻撃まで防いでくれるのか分からない上に、確率1／4は命を預けるにはあまりにも頼りない数字だ。

とはいえ【有能】の例もある。何か有効な使い方や長所が隠れている可能性も。

破賢魔法にハズレはない――と信じたい。

「ハア、ハア、ハア……」

早速見つけました。英剣の長所。発動時間が長い。使用してから既に一時間が経過したが、未だ効果は切れていない。石を避け続けた俺の体力は切れそうなんだけど……

「ま、今日はこんなところかしら」

飄々《ひょうひょう》とした顔でツララが言う。

投げるほうが体力使うよね？　普通。

† † †

実験を終えた後、それぞれ狩りに勤しんだ。そして時間になると、いつもの切り株で落ち合う。このあとギルドに向かう予定なので、今日は少し早めに切り上げた。

ツララのローブから顔を覗かせたユキが、退屈だったのか小さく欠伸《あくび》をする。

「十」

「十三。私の勝ちね」

「ぐぬぬ」

何故か恒例になった戦果の報告で、今日の敗北を知る。新調したローブの力か、俺の調子が悪かったのか。いずれにしろ本日のウサギ狩り競走は十対十三で俺の負けだ。

「さぁ、帰りましょう」

終始得意気なツララが差し出すその手を握った。

† † †

ギルドが何やら騒がしい。いや、いつも騒がしいのだけれど、今日は格別騒がしい。

「ごめんなさいっ！　ごめんなさいっ！」

先ほどから一人の職員と思しき女の子が、冒険者に謝っている。

「イインダヨー、イインダヨー」

遠い目をして答える冒険者の服は、赤い液体でびしょびしょに濡れていた。

どうやら女の子が粗相《そそう》をしたらしい。

上司らしい受付のお姉さんも一時的にそのフォローに回ったためか、換金所には列ができていた。

「時間、かかりそうだな」

「そうね。そこで座って待ちましょう」

ツララの提案に乗って、二人用のテーブルに座る。ただ待つのも……と思いドリンクを注文した。

「お、お、おまたひぇしました!!」

暫くして現れたのは、冒険者に謝り倒していた女の子だ。盆に載せたドリンクをカタカタ言わせながらこっちにやってくる。

おいおい……。こんなお約束のパターンで被害を受けるのは嫌だぞ？

「ひゃうっ」

案の定、女の子が盆を差し出すのと同時に、赤い液体満杯のグラスが滑って飛んでくる。

ほ、ほんとにー!?　万事休すか、と思った直後――

キンッ！

飛んできたコップを見事に両断したのは、そこそこの英雄だった。回避率1／4も伊達じゃないな、と感心した刹那、防げなかったグラスの中身――赤い液体によって血塗れのようになるのだった。魔法発動から既に六時間以上……【英剣準二級】の持続時間はとても長いようです。

21　始まりの終わり

『イーリャ』という果実がある。甘いニンジンのようなその味は、この世界では老若男女に親しまれていた。特にジュースにして飲まれることが多く、ギルドでも一仕事終えた後の爽やかな飲み口を求めて冒険者の多くが注文している。酒の売買が禁止されている《ルーデン》では、この赤いドリンクが一番人気の飲み物といってよい。

だからと言って、浴びたくはないのだけれど。

「ごめんなさいっ！」

栗色の髪をぶんぶんと上下させながら、ギルドの女の子が何度も頭を下げる。

愛らしい顔に涙を湛えて必死に謝る様子を見ては、たとえ真っ白なローブが歪な日の丸に変わっても怒る気にはなれなかった。したがって——

「イインダヨー」

虚ろな目でこう言うほかないのだった。

「ああいうのがタイプなの？」

ローブの応急処置や、受付のお姉さんの謝罪などが一通り終わったところでツララから声が掛かった。

「なんで？」

「文句の一つも言わなかったじゃない」

「あんなに必死に謝られたら何も言えないよ。……可愛かったのもあるけど」

「ふうん」

ツララは手に持ったコップを暫く見詰めた後、ぽつりと呟いた。

「私も浴びせてみようかしら」

それ、意味分からないから！

ようやく人の列も退いて、受付のお姉さんに〈ファトム・ラビット〉の肉と毛皮を差し出す。そこで唐突に告げられた。

「申し訳ございません、〈ファトム・ラビット〉の換金額が変わりました」

心苦しそうな表情でお姉さんが頭を下げる。

「え？」

「肉も毛皮もそれぞれ５０００マークから４０００マークへ値下がりしております」

「ど、どうして？」

「以前より多くの肉と毛皮が市場に流通するようになりまして……その……お二人のおかげで」

気まずそうに俺とツララをちらりと見遣るお姉さん。予想していない事態に面食らうが、立っていても邪魔になるのでひとまず換金を済ませギルドを出た。


夕暮れの街をツララと並んで歩く。

王様からの報酬が加算されたことで、ギルドのお姉さんからクラス３へ上がったと知らされた。嬉しい話ではあるけれど、真っ先に口に出たのはこの話題だった。

「換金額の変動か……全く考えてなかった」

「考慮はしていたけれど、現実になると応《こた》えるわね」

考えていたとは流石は賢者様。

さて、どうしよう？

換金額が下がったとはいえ、未だ一匹８０００マーク。日に十匹以上は狩っているから８万マークは稼げる計算になる。はっきりいって日当８万は高所得だ。貯蓄も余裕で可能。生きていく分には何の不自由もない。今後の値崩れのペース次第では対応を考えなくてはならないが、そうは言っても今すぐファトム狩りをやめる必要はないだろう。それに……

　僅かに雑念が入ったところでツララが話し掛けてきた。

「良い頃合いかもね」

「どういう意味？」

「狩り場を変えるのよ。装備も新調できたし、お金もあるわ。もう《ラビレスト》にこだわる必要はないのかもしれない」

　金策を続けるというスタンスは俺と同じだが、ツララは真逆のことを考えていた。

　賢者の決断は俺よりも早い。そこで一度言葉を切った彼女は、真剣な表情で俺を見据えた。

「私……明日の朝は《南の草原》に行ってみる」

「あなたはどうする？」

　射抜くような目で見つめられ、言葉が出ない。

「強制はしないわ。それに、一人ならやっていけるでしょう」

　鋭い一言だ。一人で狩る分なら収穫数も減り、値崩れも起こりにくくなるかもしれない……そう言いたいのだろう。確かにそれは俺も考えた。

「俺は……」

　結局彼女と別れるまで、答えを出すことはなかった。

　宿に戻って武器の手入れなどをして、ベッドに横になる。

――もっと外の世界を見てみたいの。

ツララはそう言っていた。だから金策をしていたのだという。他人と関わるという選択肢がない彼女は、そのためだけにひたすらウサギを狩っていたのだ。一人で外の世界へと出る時のために。

その考えは俺とはまるで違っていた。

俺はこの世界で生きるため、安定した暮らしを得るために《ラビレスト》へ通っていた。

だから彼女の問いに最後まで答えることができなかったのだ。

俺はツララのことを何も知らない。

微睡《まどろ》みつつある頭で考える。

《南の草原》の敵はレベルが高い。《ラビレスト》にはいない、レベル2以上の敵が出現するのだ。

騎士団長ルーカスに勝っておいて何を今更……という考えは捨てる。

あれは破賢魔法の非常識さに加え、単なる見世物であって生き死にとはほど遠い場所での出来事だ。どんなモンスターが出てくるか分からない状況で、そう都合よく事が運ぶとは思えない。

何せ俺のレベルは2なんだ。

《ラビレスト》でそこそこの金額を稼げる以上、そんなリスクをとる意味はないだろ?

それに……ウサギ狩りも苦じゃない。いや、むしろ楽しい。異世界へ来て体質が変わったのだ。

繰り返しの作業が嫌になって仕事をやめたこともある俺の体質が。

そう……繰り返しの作業は退職理由に……。退職理由に……

† † †

「あら、《ラビレスト》は北《あっち》よ」

「……」

雲一つない青空の下、透き通る少女の声が俺の足を止めた。

「来ないのかと思ったのだけれど」

全て分かっていたとばかりに勝ち誇った笑みが、賢者の嘘を証明していた。

隠す気もないようだが。

「……ランキングだ」

「ランキング？」

「繰り返しの作業は嫌いなんだよ。退職理由ランキング二位」

「ふふっ」

俺の嘘も同じか。ツララの笑顔が柔らかなものへ変わっていく。

「ツララは何でここにいるんだ？　もう昼近いよ」

ここは街の南、草原への入り口。彼女は昨夜、朝にも草原へ出掛けると言っていたはず。

少し考える素振りをした少女が口を開く。

「……ランキングよ」

「へ？」

素っ頓狂な声を上げてしまった俺をよそに、眩しい笑顔でツララは答えた。

「私の魅力ランキング。一位は、絶対に諦めないことなの。だから、諦めなかったわ」

あぁ、当分賢者《こいつ》には勝てそうにない。

そう、思った。

幕間　ぼくの日常

はぁ、今日もギャンブルしなきゃ。朝起きて最初に思うことがコレってどうなの？

何だか人としていろいろ終わってる気がするよ、ぼく。

昼過ぎまで寝て、だらだら身支度して、やっぱり今日はサボろうかなともう一度横になったりして。ベッドの上をごろごろ何往復かしながら、ようやく決める。

それがぼくの一日の始まり。繰り返しの日々。めんどくさい、めんどくさい。

誰かぼくの代わりに行ってくれないかな？　カジノ。

本当はこのベッドの上から一歩だって出たくない。

外に出るなんてもってのほかだね。だってぼくは「にいと」なんだから。

あの日もベッドの上でだらだらしてたね。いや、今以上にだらだらしてた。

なにせ一日中そこにいたんだから。いや〜、あの頃はちゃんと「にいと」してたなぁ。

あぁ、戻りたい、あの頃に。

だけどちょうどその時少しだけ嫌なことがあって。

親が勝手に就職の面接を決めてきたんだけど……無理じゃん？　そんなの。

だから、「断固お断り」の構えで不貞寝《ふてね》して……起きたら見知らぬ世界。

知らない人がいっぱいだし、どう見てもお城だし。

もう、訳が分からん！　と思っていたところにアレが始まった。

職業授与。偉そうなおっさんが叫ぶ度に、ぼく達を戦士やら、武道家やらに任命していく。

おいおい、勘弁してよ……そう思ったね。

職業なんてもらったら、働かないとダメじゃない。余計なお世話。

そう思って逃げようとしたら、すぐに鎧の人達に捕まったよ。

無理矢理偉そうなおっさんの前に立たされて、言われたんだ。

「にいと！」

神はぼくを見放してはいなかった。

「ありがとうございます！」

思わず叫んでしまったのも仕方ない。興奮するぼくをよそに、周囲は静かだった。

近くにいた人達も、徐々に離れていくような……ま、いいか。関係ないし。

そう思って一人で城を出た。


にいとには一つだけ魔法がある。この魔法を知った時、なんて最高の能力なんだ！　そう思った。

これで異世界《こっち》でも暇を潰せると。

だけど……使ってみたら何も起こらないじゃないかー。

もう落ち込んだよ、それは。

とりあえず、宿屋に入って不貞寝しといた。

次の日も、次の日も、次の日も。食べて、寝るだけの生活。調子出てきたね。

そうしてだらだら過ごしていたある日、お金がなくなった。

《ラフタ》に来て1マークも稼いでいないから、仕方無いんだけど。

すぐに宿屋を追い出されて、路頭に迷うことになる。


そこからのぼくは多少頑張ったよ。いわゆる、本気出すってやつ？

「お金ください！　もしくは食べ物ください！」

まぁ、少し格好は悪かったかもしれない。

だけど世知辛いね。誰も何も恵んでくれないんだもの。

いよいよどうしようもなくなって、藁にもすがる思いでまた使ってみたんだ。魔法。

そうしてあることに気付いた。ある、異変に。

だけど思いつかなかったんだよ。その魔法をすぐに生かせるアイデアを。

再び物乞いになって、倒れこむように入った武器屋のお爺さんが神だったのはラッキーとしか言いようがないね。

食べ物を恵んでくれるばかりか、一時《いっとき》住む場所も与えてくれた。

杖なしで魔法を使った話をした時はえらい叱られたけれども。

そんなこんなあって、今は一人で暮らしている。それなりに稼げているから。

ぼくが一人暮らしだよ？　信じられる？　親に言っても信じないだろうなぁ。

けれども、性格までは変わらない。めんどくさいものはめんどくさいのだ。

はぁ〜〜と大きな溜息を一つ。

とはいえ……行くしかない、か。ぼくにはその理由があるのだから。

回想という名の時間稼ぎを諦め、カジノへ向かうことにした。

また、今日が始まる。


「おう、嬢ちゃん！　また来たか！」

「うん、また来たよ！」

「カジノ《ここ》」に通うことで、顔見知りになってしまったおっさんが陽気に話し掛けてくる。

「今日は負けねぇぞ！」

「今日は負けるかも〜」

今日は負けてもいい。本当にそう思ってる。魔法を使えば、百パー勝てる。

だけれども、百パーの勝率ではいけない。

この魔法で稼げるギャンブルは今のところコレしかないから。

カードゲーム『開花』。五枚のカードを使って勝負するギャンブル。ひと勝負が短く、カード選びには必ず人の意思が介在する。ぼくの魔法にとってはとても都合が良いゲームだ。

ゲームの性質上、一度に大金を稼ぐことはできない。

こつこつ、こつこつ、少しずつ。それも、目立たないように。

はぁ。なんで楽して生きようとしてるのに、こんな苦労してるんだろ。


パサッと目の前にカードが配られる。新品のカードの匂い。

それはぼくを少しだけ興奮させた。お金を稼ぐために始めたこのゲーム、割と好きなんだ。

もしかしたら、今お城に行ったら神官のおっさんから「ぎゃんぶらー」と言われるかもしれない。

そんなのご免だから行かないけど。

「さぁ、ゲームの時間だ」

「なんだい？　そりゃ？」

「言ってみただけ～」

言ってみたかったんだよね。

「余裕だねぇ。それでいつも勝ってるから何も言えねぇけどよ」

「あはは、そんなことないよー」

「へっ、俺が一番良く知ってるよ。でもなんていうか……負けた気がしないんだよなぁ……いつの間にか負けてるっつーか……」

「変なこと言ってるとツキが逃げるよ？」

「おおっ、そりゃ困る」

ポケットの杖を握る。ぼくの杖は、鉛筆ほどの大きさしかない。

ただ、魔法を安全に使うことができる効果しかない杖。十分だよ。


同じような日々。同じような時間。同じような行動。

それでいいし、それがいい。

傷一つないカードに手を伸ばす。

――じゃあ、始めよっか。

「【動画再生】」

22 《南の草原》

心地好い風が顔を撫でる。地平まで続く草原が、風の通り道を波紋で描いた。一面の緑は《ラビレスト》と変わらないが、木はほとんど見当たらない。高さ二十センチほどの草がどこまでも広がっている。陽気も気持ちよく横になって昼寝でもしたい、そう思わせるのどかな光景。

モンスターさえいなければ。

青々とした大地の草陰から時折姿を現す赤黒い影は、〈アンティ・アント〉レベル3。

体長一メートルの巨大な蟻だ。《南の草原》に広く棲息し、《ルーデン》を拠点にした冒険者が最初に遭遇するモンスター。《ラビレスト》のウサギ達に比べれば素早さという点では劣るが、大きな顎による攻撃と硬い表皮の防御力は比較にならないほどの脅威だ。レベル1の冒険者一人ではとても太刀打ちできないだろう。

〈アンティ・アント〉が大顎を突き出す。

挟まれれば裂傷はおろか、腕の一本は持っていかれるかもしれない。果たしてもげた腕は賢者の回復魔法で戻るのだろうか？　そんなことを悠長に考えながら、蟻の攻撃を躱す。

〈アンティ・アント〉は大顎を使う際、三秒は足を止める。

そこを狙って――

「タヒト、退《ど》いて！」

「どわっ！」

背後からオレンジの光が放たれた。杖から生みだされた炎が、螺旋《らせん》を描いて伸びていく。轟々《ごうごう》と燃え盛るとぐろは俺の脇を掠め、蟻の頭部に正確に直撃した。

頭部から喰らい尽くすように浸食した炎に包まれ、〈アンティ・アント〉が悶える。

間もなく、赤黒い体を完全に黒へ変えた蟻の亡骸ができあがった。

「……危なかった」

「そう？　一撃じゃない。攻撃パターンも単純だし」

「いや、ツララの攻撃が危なかったんだけど……」

ツララが放った炎の魔法【炎渦《フレイム》】は賢者職に初期搭載されているものだ。威力はご覧の通り。硬い表皮を持つ〈アンティ・アント〉すら一撃で屠《ほふ》る。蟻が火に弱いっていうのもあるんだけれど。

「さっき打合わせしたでしょう？　タヒトが引き付けて、【炎渦《フレイム》】で刺すって」

確かにそんな打合わせをした。しかし、がら空きのボディを見るとどうしてもナイフを差し出してしまうのは、ウサギハンターの悲しい性《さが》なのだ。

「いろいろ試した結果よ。タヒトのナイフだと蟻《あいつ》には手間取るわ。弱点の炎を突いたほうが良い」

彼女の言う通り、廉価なナイフでは蟻の表皮を貫くには頼りなく、三、四度の攻撃を必要とした。

「弱点の属性がある敵は魔法で止《とど》めを刺す。もっと私を信じなさい」

賢者の言葉は全て正しく、反論の余地もはい。

それを自信満々のツララが言い放つのだから――ん？

言い切った賢者は、小首を傾げていた。

「どうした？」

「間違えたわ」

きりりと全てを悟った顔付きを哀願の表情に変え、己の胸に手をあてながら切々と言った。いや、言い直した。

「私を信じて」

しっとり、大人びた声色。

「なんで言い直した……」

「いろいろ試しているの」

賢者の考えを理解するのは難しい。


「【チェンジ】」

焼け焦げた蟻にギルド魔法を使い、アイテムに変換する。【チェンジ】は対象が焼けようが氷漬けになろうが影響はないようだ。

〈アンティ・アント〉の触覚。何に使うのかは全く分からないが、換金できることには違いない。二本で1300マーク。

分かっていたことだけれど、草原での狩りはファトム狩りに比べて圧倒的に美味《うま》くない。

狩り始めて一時間で八匹。朝から夕方まで続けるとしても、食事やら休憩を挟めば実働七、八時間だから、一日せいぜい五十~六十匹というところ。

もちろん他のモンスターも出るが、最も遭遇率の高い蟻を基準に一匹当たりの平均換金額を1300マークと仮定すると、日給最大8万マーク弱。

更にそれをツララと割るから……【Excil《エクシル》】。

おかげさまで素早く現実が理解できる。

うーん、軽く日給10万以上を叩き出していたファトム狩りを味わった後だと、「しょぼい」としか言いようがない。

賢者との拙《つたな》いコンビプレイを向上させれば多少効率は上がるかもしれないが。

「タヒト、上！」

ツララの声と同時に、何かが陽光を遮るのを感じた。蟻の次は蜂か……

これまた巨大な蜂が飛来していた。素早く杖を構え、唱える。

「【遅刻】」

遅々とした黄色い光を攻撃と認識しなかったのか、モンスターは【遅刻】へ飛び込んだ。

ドサッという、虫には相応しくない音を立て蜂が地に落ちる。

〈ニル・ビー〉レベル3。ぶんぶん飛び回りながら、毒針でのヒットアンドアウェイを繰り返す厄介なモンスターだ。だが、今は焦って羽の動かし方を忘れてしまったご様子。

六本の足で逃走を図る〈ニル・ビー〉を前に、ナイフを振りかぶった。


デデーン！

レベルが上がりました！

【名前】タヒト・デイエ　Lv2　↓　Lv3

おっ、久しぶり。

「私も上がったわ。レベル」

「ほぉー」

「私は何もしていなかったのに……どういうシステムよ」

コンビで経験値を分配しているのだろうか？　分からない。

ただ、コンビ設定やＰＴ登録をした訳でもないのに、一体誰がコンビだと判定しているのか。そもそも経験値という概念が存在するのかすらも不明。

俺の記憶は基本的に怪しいのだが、ツララが知らないということは王様やジェネルの説明にもなかったはずだ。この世界はまだ謎が多い。

23　群れ

暫く狩りをしたあと、昼食を取ることにした。一度街へ戻っても構わないのだけれど、「あそこにしましょう」とツララが言うので付いていく。彼女が指さした場所にはぽつんと一本、木が立っていた。どうやらその根元を食卓に選んだようだ。

モンスターも見えないのでとりあえず木陰に腰を下ろす。

ないよりはまし、ということで【英剣準二級】は張っておいた。

黒のローブからユキが這い出てきた。うーっと伸びをしてから辺りを見渡し、結局ツララの膝元へ戻っていく。よっぽどそこがお気に入りなんだな。

「なー」

木に寄りかかって食べる食事は《ラビレスト》で馴れっこだった。むしろ落ち着くものである。

今日の弁当は宿屋の親父お手製のサンドウィッチ。彼は毎朝弁当を用意してくれる。

昼食分の宿泊料金を支払っているから当たり前なんだけど。

この世界では小麦のような植物も、稲のような植物も存在しているようで、それぞれ呼び名は違うけれど、正直元の世界のそれと何が違うのか分からない。そのため、〈旅行者〉の間では「パン」や「米」という単語が普通に飛び交っていた。それは〈旅行者〉が捨てたはずの、元の世界に対する郷愁からなのかもしれない。なのでコレはサンドウィッチ。

たとえこの世界で「ダブブレ」と呼ばれていようが、俺達の中ではサンドウィッチなのだ。

「あら、タヒトも『ダブブレ』なの？」

ツララには、女々しい感傷はないみたいだ。

「私もダブブレよ。一つ交換しましょ」

「別に良いけど……コレはサンドウィッチな」

「ここではダブブレでしょう？　言葉は正しく使わないと」

「誰が何と言おうとサンドウィッチ。そこは譲れない」

「……変なところでこだわるのね」

「それはお互い様」

「ま、いいわ。タヒトがそこまで言うのなら」

珍しく賢者が引き下がった。彼女に勝つために必要なモノは、理屈ではないらしい。

妙な満足感を得ながらツララのサンドウィッチを啄《ついば》む。

シャキッとした野菜の食感のあと、鳥の肉汁が溢れてくる。甘辛いタレが絶妙なアクセントになって口の中に広がった。

「美味《うま》い……」

宿屋の親父が作ったサンドウィッチも美味しいのだが、根本的に何か違う。

ツララのサンドウィッチのほうが元の世界の味に近いのだ。この味を出せるのは〈旅行者〉しかいない。つまり……

「そ」

視線を逸らす賢者。そのやや照れた素振りは、普段負けっぱなしの俺を少し意地悪くする。

先ほどの勝ちも相まって、ちょっとした悪戯心が湧いてきた。

「料理、上手いんだな」なんて言ったらどんな顔をするだろうと想像して実際に口にしようとした……のだけれども。

「助けて!!」

誰かの叫びがそれを阻んだ。後ろを振り返ると、草原の彼方に人の姿が見えた。三人の男女が大量の蟻と蜂に囲まれている。何をどうやったらあれだけのモンスターに囲まれるのかは分からないが、マズイ状況なのは一目瞭然。

どうする？　という視線が交差して互いに苦笑した。

「行こうか」

「ええ」

食べかけのサンドウィッチを無理やり口に押し込み、勢い良く立ち上がった。

五……六……七……。緑の大地を駆けながら敵の数を確認——あぁ、無理無理。モンスターが多すぎるうえに蜂がぶんぶん飛び回っていてカウントできない。数は「たくさん」だ。

とりあえず、群れの包囲を破るのは賢者に任せておく。

「【炎渦《フレイム》】」

ツララの『青水晶の杖』から生み出された炎が渦を巻いて伸びていく。業火が〈ニル・ビー〉の羽を消し飛ばし、早速一匹を行動不能にする。更にツララは、僅かに杖先を移動させることによって炎の螺旋を鞭のようにしならせた。三匹の蟻が薙ぎ払われ、活路が開く。

俺は躊躇《ちゅうちょ》なくそこへ飛び込んだ。

「【Excil《エクシル》】」

両手剣の戦士が一人に、軽装の双剣使いが一人。そして大きな戦杖を持った少女の計三人。

唯一の女性は手傷を負っているようだが、命に関わるというほどでは無い。全員無事。

モンスターの数は、倒した四匹を除いて蟻が六匹、蜂が五匹。

状況は把握できた。

彼らは助けを求めておきながら、突如現れた俺達に驚きを隠しきれない様子だ。

前を見ろ、前を。

「モンスターから目を逸らすな！　自分の身は自分で守れ！」

助太刀に来たものの、人を庇《かば》いながら戦えるほど強くもない訳で。自分の身は自分で守ってもらわなければ困る。慌てて武器を構えなおす彼らを横目に、迫るモンスターに集中する。

蜂、蜂、蟻の三匹同時攻撃。一匹目の蜂の毒針は身を屈めて回避し、二匹目の蜂に【遅刻】を打ち込んでから、蟻の攻撃をサイドステップで躱す。

それが【Excil《エクシル》】の用意したプランだったのだけれど――

キンッ！

１／４の英雄を引き当てた一匹が、あえなく沈んだ。【英剣準二級】の効果は、剣による防御……と思い込んでいたが、ギルドで飛んできたコップを真っ二つにしたように、その真価は迎撃効果にあった。発動率に不満はあるものの、労せず敵が減るのはとてもありがたい。

回避行動が一回分浮いたので、残る蜂と蟻に【遅刻】を連発した。

〈ニル・ビー〉が落下して仰向けに、〈アンティ・アント〉が逃走していったのを確認し、三人の援護に回る。距離があるうちに【遅刻】を連発してもいいけど……ふと思いついたことがあったので試してみることにした。

戦士と鍔《つば》迫《ぜ》り合いを繰り広げていた大蟻を、横合いから思いきり蹴飛ばす。

ド派手に吹っ飛んだ〈アンティ・アント〉が呼び水になって、八匹のターゲットが俺に切り替わった。文字通り、四方八方からの攻撃が予測される。

【Excil《エクシル》】のおかげでかろうじて回避ルートは見えていたが、反撃のしようもない包囲が完成していた。……だがそれは、英雄が黙って寝ていた場合のお話。

キンッ、キンッ！

攻撃の構えを見せた蟻二匹が、問答無用に両断された。

2／8……確率通り。心の中でニヤリとしながら、残る六匹の攻撃を避ける。

避ける。避ける。ひたすら避ける間も、英雄は休まない。確率通りの仕事をこなす。

剣が煌めくたびにモンスターは斬り落とされ、あっという間に残り三匹。

【英剣準二級】、思った通りの成果だ。

【Excil《エクシル》】なしでは無謀かもしれないが、手数の多い相手や乱戦ではかなり使える魔法かもしれない。

いやー、ほんと【Excil《エクシル》】様様で——あ。

まずい、【Excil《エクシル》】切れる。とりあえず目の前の〈アンティ・アント〉に【遅刻】を放って、たぶん背後の〈ニル・ビー〉達は……

「【雷光《ライトニング》】」

うん、賢者が何とかしてくれました。

その表情に呆れを多分に滲ませながらツララは言った。

「いろいろ試すのは賛成だけれど、無茶は駄目よ」

はい、すみません。


「た、助かった……」

群れたモンスターを全て退治し終えると、女の子はぺたんと座り込んだ。ゆるふわっとした服装から察するに恐らく神官系、僧侶だろうか？　緊張から解放され安堵できたのだろうが、腕の流血が痛々しい。背後の二人も疲れ切って息が上がり、体に幾つかの切り傷を負っていた。

「見せて」

「えっ？　あっ、あの……」

初対面の挨拶などお構いなしに、傍まで駆け寄った賢者が膝をつき、彼女の腕に手をかざした。

癒しの光が二人を包む。

「すごい……」

畏怖と感嘆が混じった呟きが女の子の口から漏れた。

もし仮に彼女が僧侶であるならば、必要のない行為かもしれないし、むしろ屈辱的な行為ととられてもおかしくない。けれど女の子がツララを仰ぎ見るその表情からは、そういった心配はしなく

て良さそうだと思えた。

青の光が収束すると、出血は止まり、その痕跡すら消えていた。

「終わりよ」

仕事は終わった、と言わんばかりに素っ気なく立ち上がるツララ。

「あのっ」

そんなツララを呼び止めようとしたのか、少女がツララの腕を掴んだ。

——パシンッ！

少女の伸ばしたその手はツララによって振り払われた。

「あっ……」

目を見開いたまま固まる少女。そして何故か、ツララ自身も驚いた様子で自身の手を見つめている。ややあって、ツララが先に口を開いた。

「ごめんなさい……びっくりしただけだから。気にしないで」

それを受けて少女もあたふたと応える。

「いえ、こちらこそっ。それで、あのっ、ありがとうございました！」

「どういたしまして」

言いながら踵を返すツララ。何か気に障ることでもあったのか聞きたかったが、それよりも先に、事の成り行きを見守っていた男二人が駆け寄ってきた。

「あっ、ありがとうございました。助かりました、本当に」

俺に向かってペコリと頭を下げる軽装の少年。

日本人ではないのだろうか？　金色の髪が揺れる。

「危なかったぜ……礼を言う」

そう言って手を差し出してきたのは、戦士を思わせる厳《いか》つい鎧を着こんだ丸坊主の男。

握手に応じるため、手を伸ばしかけたところで女の子が割って入った。

「お兄ちゃん！　なんでそんな偉そうなの⁉　ちゃんとお礼言ってよね！」

「お、おぉ……そうだな」

ピンと姿勢を正し、ゆっくり頭を下げる男。

「ありがとうございました‼」

大気も震えんばかりの大声だ。体育会系のそれを思わせる、「慣れた感」が滲み出ている。

あんまり大声を出すとモンスターが寄って来るので気をつけて頂きたい。

「最初からそうしてよね。何が『礼を言う』よ。えっらそーに。誰のせいでこんな目に遭ったと思ってるの」

坊主の男に向かって怒り顔で説教する少女。

彼女が口を開く度に、目の前の厳つい男がどんどん小さくなっていくのは気のせいだろうか。

「す、すまん。まさか【挑発】であんなにモンスターが寄って来るとは……」

「まさか、で済まないでしょ！　加減ってものを知らないの⁉」

「いや、初めてだったし……」

「だーかーらー」

「まぁまぁ。とにかく助かったんですから……シズクさんも落ち着いて。まずは自己紹介でもしませんか？」

金髪の少年が間に入り、シズクと呼ばれた少女もはっと我に返ったようだ。

「あっ！　ごめんなさい！　私ったらつい……。は、恥ずかしい……これじゃあお兄ちゃんと一緒……」

今度は少女が小さくなるのだった。

はーっと溜息を吐いた少年が、俺へと手を差し出した。

俺もその手を握り返す。

「ルーツ・ブロードです。改めて、ありがとうございました」

「タヒト・デイエ。間に合って良かったよ。こっちは……あれ、どこ行った？」

辺りを見まわすと彼女は仰向けになった〈ニル・ビー〉に止《とど》めを刺しているところだった。

流石、抜かりがない。

タイミングを逸した俺に代わり、勢いを取り戻した少女がずいっと顔を寄せる。

「わ、私は！　シズク・コトワリです！」

「俺はハジク・コトワリ！」

便乗するように男も名乗った。うん、君らが兄妹なのは良く分かっていた。

「ツララ・シラユキ」

いつの間にか隣にいたツララが、簡潔に自己紹介する。

並んだ俺達を見比べて、シズクが何かに気付いた。

「あっ！　お二人はもしかして〈ツヴァイ・ハーゼン〉さん!?」

「〈ツヴァイ・ハーゼン〉？」

「はい！　毎日淡々とウサギを持ち帰って、最速でクラスアップされた白と黒の二人組……違いました？」

「いや……間違ってないけど……」

「やっぱり！」

間違ってないけど……どういう意味だ？　〈ツヴァイ・ハーゼン〉って。横目で賢者を盗み見ると、明後日のほうを向いていた。聞いていなかったのかもしれない。

何となく得心してないのが俺の顔に出ていたのか、シズクが首を傾げながら続ける。

「同期やギルドの間でも有名ですよ？　謎の二人組って……でもやっぱり強いんですね！」

「本当に。あの魔法の威力と精度は凄まじいものがありました」

シズクの弾ける声にルーツが頷く。それを見ていたハジクも、堪《こら》えきれず会話に参加してきた。

「いや、それよりもタヒトさんのあの技……俺にはただ、攻撃を避けているようにしか見えなかった。いや、それだけでも凄いんだが、一体どのタイミングで反撃していたのか……」

「それは僕も思いましたよ、ハジクさん。あれだけ囲まれていて、ノーダメージですから……驚きです」

「ツララさんの回復魔法も、私なんかのとは比べものにならないほど凄かったよ！」

三人とも興奮しながら話し始めてしまった。止める者がいないため、終わりが見えない……

「にー」

ユキがツララのポケットからひょっこり顔を出した。

おっと、子猫《こいつ》の紹介を忘れていた。

「こっちはユキね」

「にー」

突然の子猫の登場に間の抜けた顔をしていた面々の中から、いち早くシズクが復活する。

「か、か、可愛い～～～～!!」

先ほどとは別種の興奮で歓声を上げたシズクは、お喋りを中断してツララの元へ駆け寄る。

そのスピードに、賢者が若干引いていた。

「ヨシヨシ！　う～～可愛いっ！」

「お、猫か？　久しぶりに見たなぁ」

「ねこ……というのですか？　初めて見ます」

「にー」

全員がユキの元に集まる。三人共表情が緩んでいる。

登場しただけでこの集客力。ユキは恐ろしい子だ。それにしても……「にー」は、金髪の少年に反応しているのだろうか。けれど少し様子が……

　ツララに確認しようと視線を向けると、真剣な眼差しが返ってきた。

「にー」

　疑心が、確信へ変わる。

「皆！　離れて！」

　まだ何か、いる。


「ツララ！」

　三人が離れたことを確認して叫ぶ。

「分かってる！」

　賢者の理解は早い。視線を交わすことなく、それは行われた。

　俺とツララ、二つの黒いペンダントが鈍く光る。僅かに遅れて、ユキが首から下げている『白曜のペンダント』も共鳴するかのように輝き出した。

「にー」

　ユキの魔法が解放される。子猫の体から放たれた光が、三本の槍を形取り頭上を旋回する。

　やがてピタリと動きを止めた銀槍が、獲物目掛けて発射された。

　向かった先は……いや、ちょっと待て……ツララ!?

　自由を得た槍が、賢者の元へ急襲する。

「逃げろっ!!」

思わず叫んでいた。

同時にシズクの悲鳴が上がる。

俺が驚愕と焦燥に支配される中、ツララは数瞬後に己を貫くであろう槍を正面に見据えて呟く。

「大丈夫」

果たしてその未来が見えていたのか、ツララの目の前で三本の槍は急下降した。

槍の急激な進路変更に伴う風圧で、《ラフタ》へ来てから僅かに伸びた彼女の黒髪がふわりと浮き上がる。垂直に降りた三本の槍は、ツララの足元へ突き刺さり——地中へ消えた。

「何なんだ……?」

事態を理解できないハジクが漏らす。

賢者が今になってその場を飛びのいたことも、彼らには謎の行動に見えただろう。

すぐに分かるけどな——

——ボゴッ!

銀の槍が消えていったその地表が盛り上がり始めた。

「ま、まさか……」

ルーツが呻《うめ》く。ビシビシと地表に亀裂が走り、地に潜むモノが徐々に姿を現す。

——ボゴボゴボゴォォォォォォォォォ!

盛り上げた土を周囲に撒き散らしながら現れたのは、馬鹿デカイ百足《むかで》。

「ア、〈アスペイド〉!!」

巨大百足《むかで》型モンスター〈アスペイド〉。《南の草原》のレアモンスター。

同じレアモンスターでも、《ラビレスト》の〈ファトム・ラビット〉と決定的に違うのは、誰も出会いたくないということ。

理由は一つ。

「レベル7まで寄ってきたってぇのか!?」

レベル7。《南の草原》で最強のモンスターだからだ。多くの初級冒険者を狩ることで、初心者殺し《ルーキー・キラー》の異名を持つその怪物は、頭を起こした今の状態で高さ三メートルを優に超え、全長は更に倍はある。体はテラテラと黒光りした甲殻に覆われ、無数の足が忙しなく動いていた。

とても気持ち悪い。いたく興奮されているのは、頭部に刺さった銀の槍が原因だろう。硬そうな体表を貫いた銀槍からは、紫の不気味な液体が滴り落ちていた。

「タヒトさん、ツララさん！　逃げましょう！」

「早くこっちへ来い!!」

距離をとっているルーツとハジクが必死に手を振り叫ぶ……のは嬉しいのだけれど。

「【Excil《エクシル》】」

そんな気は毛頭なかった。ローブの補正がある俺とツララはともかく、残る三人がこの怪物から無事逃げおおせる確証はない。それに、こいつを放置していくのは気が引けた。ほら、もしこいつに同期がやられたら、寝覚めが悪いじゃないか。

【遅刻】よりも、確実に仕留めるためには【英剣準二級】。手数が多そうな相手ならなおさらだ。

そう思い、百足目掛《むかで》けて突っ込んでいく。

〈アスペイド〉も俺を最初の獲物と認識したのか、すぐに反応した。顎を思い切り突き出すという、蟻で散々お世話になった攻撃だ。半身を引き、その突進を避ける。目の前を百足《むかで》の節がいくつも流れていく。

ファーストアタックを空振りした〈アスペイド〉は勢いそのまま、その長い体で俺を取り囲む。

そのまま巻き込んで押し潰すのがこいつの狙いなんだろうけど……

キンッキンッキンッ！

甘いよ。その全方向の包囲を「攻撃」とみなした英雄が反応し、迎撃して――

パリンッ！

――え？

その名に相応しくない、儚い音を残して【英剣】は砕け散った。

――マジで？

まずい。不規則に蠢く足が迫る。

【Excil《エクシル》】のおかげで頭は冴えているが、反面恐怖も冴え渡る。

見たくないものまで良く見えるから……

「【遅刻】！【遅刻】‼【遅刻】！！！」

もはや初心はなく、【遅刻】を連発してしまった。だが〈アスペイド〉の感覚が鈍いためなのか、動きが止まらない。徐々に包囲が迫ってくる。

こうなったら最後の手段。

「ツララ！」

「だから——分かってる！」

間髪容れぬ返答と共に、轟音が響いた。

ゴッシャアアアアアアア！！！！

地が響き、土が舞う。やがて、周りを囲んだアスペイドの足が次々に力なく地に落ちていった。

視界が開けて最初に目に入ったのは、特大の氷柱によって今度こそ完全に頭を粉砕された百足《むかで》の姿だった。

24 冒険者

「きゃ〜〜〜!!　ツララさん！　カッコいい!!」

役目を終えた『青水晶の杖』をゆっくり下ろす賢者に、シズクが子犬のように駆け寄る。

既に、先ほどの気まずいやり取りは忘れてしまったかのようだ。ツララもそんなシズクを邪険にしている様子はない。

「すっげぇ魔法だなぁ……」

「驚きですね」

男性陣は〈アスペイド〉を押し潰した氷の塊を見上げ、ただただ感嘆していた。

「ツララさん、レベルいくつなんですか？」

「3……あ、今上がったわ」


デデーン！


俺も上がったみたい。

「4!?　レベル4でその強さなんですか？」

「まぁ……あっちの人も同じだけれど」

じーっ。賢者からの視線が痛い。

短い間に同じような無謀をして失敗を繰り返してしまったのだ。

小言の一つや二つ、いや、最悪雷が……

ツララはやや呆れ顔で口を開いた。

「気を付けなさい」

「え？」

おかしい。あまり怒ってらっしゃらない？

「何？」

「いえ、何でも……」

「まさか、この程度で私が怒るとでも思ったの？」

「その、まさか」

相変わらずの読心術に苦笑い。

そんな俺の様子に、はぁ、と溜息を吐くツララ。

「言ったでしょ。私を信じなさい」

……結局それに落ち着くのね。

じーっ。うん？　今度は別方向からの視線が。

俺達のやりとりを黙って見ていたシズクが、おそるおそる尋ねる。

「あの～」

「な、何？」

意を決したように少女が爆弾を投げつけた。

「お二人は付き合っているんですか!?」

うーん、デジャヴ？

大きく見開いた目から好奇心という名の熱い視線を送るシズク。

そんな少女を前に考える。我々、日本人の頭の中は、お花畑なのだろうか？

異世界、それも生きるか死ぬかの場面に遭遇したばかりでこの質問。平和って凄い。それとも女の子だからか？　年頃の乙女が考えることなんて、そっち方面のことしかないのか？

あれ？　でもあの魔法戦士は乙女じゃなかったな。

いや、もしかして頭の中身は乙女だったのかも……

「あの～、聞いてます？」

「おわっ!?」

いつの間にかシズクの顔が間近にあった。

いけない……これは【Excil《エクシル》】の副作用に違いない。

圧倒的な処理能力に慣れてしまい、普段のどうでもいい事象でも考えすぎてしまうという……

え～い、今はそんなことはどうでもいい！

この状況、どうする？

ジト目の少女に至近距離で見つめられ、動くことができない。もともと耐性が低いのだ。加えて、ツララに「大根役者」の烙印を押された俺ではこの状況を打破できるはずもない。

そんな訳で――助けて！　賢者様！

当然のように、俺の心を読みきった賢者は冷淡に言い放った。

「馬鹿言わないで」

そう、その通り。オサムの時とは違って今度は大丈夫そうだな。

「そんな訳……ないから」

徐々に語調を弱め、恥じらうように目を伏せるツララ。

……ん、それはちょっと違わない？

「あまり詮索しないで」

そう言って顔を上げた時には、頬を染める演技は完了していた。

こいつ……また悪ふざけを……。これでは勘違いしてくれと言っているようなものだ。

ほら、シズクも「そういうことですかー」と勝手に納得している。それに対して俺は何も言えない。今更反論しても照れ隠しみたいになるし、そもそも嘘を言っている訳ではない……そこまで計算してるのか？

「シズクさん、あまりお二人を困らせないほうが……」

「そうだぞ。野暮だろ」

「ご、ごめんなさい！」

日本人には見えないが遠慮深そうなルーツ少年の進言と、ぶっきらぼうな兄の注意で頭を下げるシズク。

「……気にしてないわ」

どうやら俺以外の全員を騙すことに成功した模様だ。

ツララはその表情に余韻を残しつつ、こちらに横顔を向けてちらりと舌を見せた。

なんだよ。様子がおかしかったから、ほーんの少し心配していたのに。

損した！

† † †

「本当に頂いて良いんですか？」

「あぁ。というか頼むから持って行って」

「そうね。置いておくのも気味悪いし」

困惑するルーツの後ろには大量の〈アスペイド〉の足。その数きっちり百個。

最初に倒した〈アンティ・アント〉や〈ニル・ビー〉に【チェンジ】をかけて回り、最後の大物が残していったのがこれ。

一個300マークに換金できるらしいけれど……多少【チェンジ】でコンパクトになったとはいえ、百個はとても皮袋に収まらない。なので三人にも持って帰ってもらうことにした。

「じゃあ……ありがたく頂きますね」

「おっし！　詰めるぞ、シズク」

「はーい！」

こうして戦利品の袋詰め作業が始まった。

俺達もスーパーの掴み取りよろしく、限度一杯まで換金アイテムを詰め込む。

「気持ち悪っ」

「贅沢言うな！　生活が懸かっているんだからな」

「うー……そだね」

百足《むかで》の足を摘まみながら、シズクが顔を顰《しか》める。確かに散らばっているのは百足《むかで》の足、蟻の触覚、蜂の羽。女の子は嫌がるだろうな。けれどハジクの言う通り、気色悪かろうが、汚かろうが我慢するほかない。

全ては金のため、生きるためなのだ。そんな風に考えながら兄妹のやりとりを見ていると、ひょいひょいと荷詰めを進めていくツララが目に入った。

「ツララは大丈夫なんだな。虫とか」

「ええ。私が苦手なのは人間だけよ」

へぇ、誰かと似てる。苦手にするのと苦手にされるの違いはあるけれども。

「ふーっ、もう入らんな」

「十分でしょう」

ぎっしり中身が詰まった袋を掲げ、ハジクが額の汗を拭う。辺りにはまだ少し百足《むかで》の足が残っていたが、全てを回収するより全員の荷物が一杯になるほうが早かった。

さて、帰りますか。重くなった皮袋を担《かつ》いで彼らに別れを告げようとした。

「あの〜」

「うっ」

またしてもいつの間にか至近距離にいたシズク。

今度は何だ!?

「ギルドまでご一緒しても良いですか？」

「……えっ？」

子犬のように愛らしい顔をこてっと傾げた少女。

「何言ってんだよ、シズク。当たり前だろ？　その後は飯だな」

「いや、あの……」

ガシッとハジクの腕に拘束される。

「勿論、僕達の奢りですよ」

にこっとあどけない笑みのルーツ。

「……」

今日は良く言葉に詰まる日だ。脳裏を過るのはやはり異世界初日、一人で城を出た時のこと。誰からの誘いもなく、声を掛けてきた女の子には一分で見限られた。

いや、思い返せば元の世界から……

「あ、あれ？　泣いてます？」

「え!?」

げっ……涙が勝手に。

不思議そうに覗き込むシズク達。

は、恥ずかしぃ〜〜〜。穴があったら入りたい！

百足《むかで》になって、土の中へダイブしたい！

「ふふっ」

慌てて涙を拭う俺を見てツララは微笑む。

「では、日が暮れる前に行きましょうか」

「はーい！」

「おー！」

ルーツがそう切り出すと兄妹は元気よく応じた。

……帰りは賑やかになりそうだな。

滲む視界に構わず、草原を歩き出した。


「初めて3万マークを超えたぜ！」

「すっごーい！」

「やりましたね」

お札をヒラヒラと泳がせながら得意げな顔で戻ってきたハジクを、目を丸くしたシズクと笑顔のルーツが迎えた。

ツララ達にギルド食堂の席を確保してもらい、俺とハジクは換金を済ませたところだった。

狩りは早めに切り上げてきたものの、【早退】を使っていないため、帰りもそれなりに時間がかかった。着いた頃には日も暮れかかり、狩りを終えた冒険者でギルドはごった返していた。

「だけど上には上がいてなぁ……タヒトさんとツララさんは5万オーバーだとよ」

背後にいた俺をくいっと指さし、何故か更に得意げになるハジク。

「ほぁ〜、やっぱり凄いです！」

「二人で、ですもんね」

「あはは……」

照れた振りをして苦笑した。

予想外のハプニングに遭遇したため、想定していた8万マークには全然届いていない。

ファトム狩りの10万超えを思うと半分以下。《南の草原》は、金策の場所として旨味がない。

とても不味かった。効率至上主義の俺としては散々な結果と言える。

だけど……気分は悪くない。

「とりあえずドリンクを頼もうぜ」

「イーリャジュース以外の人いる〜？」

居酒屋的な要領で皆の注文をとる兄妹。君達、未成年だよね？

「ご注文を伺ってもよろしゅっ……よろしいでしょうか！」

あ……この子は……

つい先日の惨劇が思い起こされる。

自分のローブから漂う甘い匂いが鼻を掠める。赤の色は簡単に落ちたけれど、どういう訳かこの甘い匂いはなかなか消えない。

よくクビにならないなー、とおかしな感心をしながら今後の展開を予想していた。

女の子は一生懸命オーダーを聞き取り——三度復唱した——、パタパタと厨房へ向かう。

さて、少しは成長したかな？

「お、ま、た、せ、し、ま、し、た……」

暫くしてお盆に五杯のジョッキを載せた彼女が戻ってきた。

慎重過ぎる足運びに、言葉も連動しているみたい。

けれども——

ガチャガチャガチャガチャ！

ぷるぷると震えるお盆の上で、ジョッキが踊っている。

ダメだこりゃ。そう判断した俺は腰を浮かせ、テーブルから離れる。

この後、何が起こるかは【Excil《エクシル》】なしでも分かる。皆の予想も同じだったようで、ガタッガタッと次々に椅子から離れ、ルーツを除く全員が席を立った。

「……え？　……え!?」

間の抜けた声を漏らしながら、席を立つ俺達を見て呆けている彼に、「赤の洗礼」が降り注いだ。

「ご、ごめんなさ～～～い！！！」

† † †

「どうして教えてくれなかったんですか？」

涙目のルーツが尋ねる。もともと幼い顔立ちをした少年のその表情は、無条件で保護したくなる小動物のそれだ。

「知ってると思ったの！　ごめん！」

「あれは冒険者なら一度は通る道だろ？」

素直に謝るシズクと全く悪びれないハジク。

正反対の答えに深い溜息を吐くルーツだった。

「はぁ。お気に入りなのに……」

ジュースが染み込んだマントとベストを脱いで、「是非使ってください」とギルドから押し付けられた服の袖を摘みながら呟く。

「色はすぐ取れるよ。色は」

「そうなんですか？　……というか、タヒトさん達も知ってたなら教えてくださいよ～」

「ごめんごめん、あんまり予想通りだったたから見蕩《みと》れちゃった」

「ですよね？　ありゃあ様式美って奴だな」

「何ですかそれ……」

再び涙目になるルーツに爆笑するハジクと、笑いを堪えるシズク。

そんな彼らにつられて俺も自然と笑みがこぼれた。

「ツララさんの魔法、カッコ良かったなぁ」

ジュースのおかわりも三杯目に入ってエンジンが掛かったのか、シズクがしみじみと切り出した。

「凄かったですよね。特に最後のあの氷魔法！」

「あぁ、あれはヤバイ」

すっかり立ち直ったルーツも相槌を打つ。

その話題に便乗して、密かに思っていたことを聞いてみた。

「あの魔法だけ、威力、おかしくないか？」

ジョッキに手をかけた賢者の手が止まる。一瞬の沈黙の後、彼女は答えた。

「何故か氷魔法だけ三つあったの。最初から」

「へぇ。それは不思議だな」

ツララが意味ありげな視線を送ってくるので、意味ありげな視線を返してやった。

「あの～……お二人の世界に入らないでくださいよ～」

手を振りながら存在をアピールするシズク。

「仲が良いですねぇ」

「いや、そんなことは……」

「夫婦喧嘩だな！　いや、夫婦漫才か？」

「……」

くっそー……ツララが余計なことするからこうなるんだ。一度、ビシッと言ってやろう。

「タヒトさんは魔法使いなんですか？」

「そのつもりだけど」

「魔法使いなのにあんな動きが⁉　ショックです……」

がっくりと肩を落とすルーツ。彼は見た目通り、身軽さが売りのようだ。

「うーん、装備の補正も大きいと思うよ？」

「まさか……このローブ、『白風のローブ』ですか？」

「そうだよ。良く知ってるね」

「ホントですか⁉　滅茶苦茶高いですよね、コレ⁉」

突然シズクが身を乗り出してきた。彼女もローブを着ているからかもしれない。

「うーん、５０万くらいしたと思う」

「すっごーい！　どうやってお金貯めたんですか⁉」

「ひたすら〈ファトム・ラビット〉を狩って……」

「あぁ……」

シズクのテンションが急降下していく。自分達には無理だと思ったのだろうか。

「くぅ～、羨ましい！　俺達もこんな貧乏生活から早く抜け出してぇ。何か良い話ないのか？」

「そんな簡単にお金が手に入ったら苦労しませんよ……」

「やっぱりアレかなぁ」

「お、なんだ？　シズク」

「カジノ」

「「カジノ!?」」

ハジクと声が揃ってしまった。

この世界にカジノがあったとは……ワクワクしてきたぞ！

「タヒトは駄目よ」

だが、そんな昂揚もツララのビシッとした一言で一気に沈静する。

「な、なんで？」

「あなた、向いてなさそうだもの」

確かに……これまで賭け事の類で勝ったためしがない。けれど……毎度のことだが、何故それを知っている？　賢者の鋭い視線はそんな反論さえも封殺した。

意気消沈する俺に、ハジクが目線で合図する。

(タヒトさん、誘いますよ)

……分かってるな、お前。いつかこっそり行こう。

25　休暇

目が覚めたのは昼近く。こんなに遅くに起きるのは、この世界へ来てから始めてのこと。

結局、昨晩はギルドの最後の客になるまで騒いでしまった。調子に乗ってしまった部分もある。貸しがあったためか、遅くまで居ても文句一つ言われず、こんなに楽しいものだなんて。楽しかった。同じ境遇の者とアレコレ語るということが、こんなに楽しいものだなんて。

シズクは女の子らしい女の子といった感じで、俺の一言二言に「えー！」だとか「うそ～！」と少し大げさともいえるリアクションをしてくれる。話題に多少偏りはあるけれど（主に恋愛系）、よく話すし、常に賑やかな雰囲気を作り出してくれていた。

ハジクにはいつの間にやら「兄貴、兄貴」と懐かれていた。坊主頭にワイルドな顔立ち、ぶっきらぼうな話し言葉からは想像できないが、意外に繊細で気配りができる男だった。兄妹は正反対の性格のようでいて、根っこのところは実に良く似ており、そのやり取りは微笑ましい。

ルーツはやはりラフタの人間だった。兄妹がＰＴの仲間を探していたところ、声を掛けたらしい。彼は職業適性がないようで、「無職」だった。けれども冒険者への強い憧れから、無職でありながら仲間を探していたという。

常に命懸けで戦う冒険者達は、仲間を選ぶことに関して情けが入り込む余地はない。強いこと——それが絶対条件。身をもって経験しているから間違いない。だから職業の良し悪しだけで、あっさりふるいにかけられるのも当然といえば当然だ。

言うまでもなく無職の少年を受け入れるＰＴなどなく、ルーツも半ば諦めかけていたそうな。一ヶ月ギルドに通い詰め、これで最後と思って話し掛けたのが兄妹だった。

「なんで僕をＰＴに入れてくれたんですか？」

「うーん、何か困ってそうだったから？」

ハジクのあっけらかんとした答えに、一瞬言葉を失った少年の瞳が、再び潤んだ。

「はけん」を宣告された俺にはルーツの話は他人事《ひとごと》には思えなかった。

今は同じ冒険者。異世界の人間だろうが関係ない。そんなシンパシーが、彼等との対話をより親密にしてくれたのだろう。時間を忘れて語り明かした。

いつまでも尽きない話の最中、ふと相棒のことが気になった。

「人間が苦手」と言ったツララは、今のこの状況をどう思っているのだろう？

彼女は自ら積極的に話すことはないけれど、聞かれたことはきちんと答えるし、不快な様子はまるで見られない。

唯一気になったのは、シズクの手を振り払った時のことだけだ。

「〈ツヴァイ・ハーゼン〉って良い名前ですよねぇ～。恰好良いし」

「どういう意味なんだ？」

その名を聞いた時から抱えていた疑問。それに答えたのはツララだった。

「ドイツ語で『2匹の野兎』という意味ね」

「へぇ～、ドイツ語。そんなの良く知ってたな」

その博識に素直に感心した。流石賢者に選ばれるだけのことはある。

「それはそうよ、私が名付けたんだから」

「は？」

しれっと何を言ってるんだ、こいつは。

「な、なんで？」

「決まってるじゃない。名前があったほうがコンビという感じがするでしょう？」

当然、とばかりにツララは見下ろす。

「ツララさん、なんか凄いです……」

「兄貴、外堀埋められてますよ？」

「……」


……目覚めた直後から、そんな賢者のドヤ顔を思い出してしまった。

「おはよーございます」

とろとろと身支度をして、一階へ。忙しい時間は過ぎたのか、宿屋の親父はカウンターで欠伸《あくび》をしていた。

「おう、こんなに遅いのは珍しいな。弁当ならそこに置いてある」

「ありがとうございます。少し夜更《よふ》かししまして」

見慣れた弁当箱に手を伸ばす俺を見ながら、親父がしみじみと言った。

「ほぉ。ほんとに珍しいな」

「え？」

「にやけてるぜ？　顔」

「……夜更かしのせいです」

なんとなく気恥ずかしくなって、足早に外へ出た。昨夜の帰り道にツララと話し合った結果、今日は休暇《オフ》ということになった。解散がこんな遅い時間では十分な睡眠がとれない、そんな状態で狩りは危険だ、とのありがたい提案だった。

「だから、明日は買い物に付き合って」

賢者先生、接続詞の扱いが不適切だと思います！

何が「だから」なのかさっぱり分からないが、ツララと買い物をすることになっていた。

待ち合わせは《ルーデン》の街の中央広場にある鐘の下。十二時と十八時、日に二回鳴るその鐘は、位置する場所のせいか待ち合わせスポットになっている。


うん、人が多い……。まもなく今日最初の鐘の音が響く広場には、多くの人が集まっていた。

時間には遅れてないけれど……あ、もういらっしゃる。

人混みの中でも、屈んで子猫とじゃれ合う賢者の姿はすぐに見つかった。相変わらずユキと接するツララの表情は柔らかい。何となく声を掛けにくくて、黙って近付いてしまう。

そんな俺の気配に、彼女が気付いて言った。

「不合格」

「そんな挨拶は無いぞ」

「こういう時はあなたが先に来るものでしょう？」

「どういう時だよ……そんなルールは知らないし、仮にあってもここは異世界だから無効」

そう言い切ると、ツララは僅かに考える素振りを見せて呟く。

「異世界のルール……そこまでは予習してなかった」

真面目か！

彼女は慎重な手つきでユキをポケットに収めると、すっと立ち上がり言った。

「ま、いいわ。行きましょう」

切り替えの早い奴……しかし——

「どこへ？」

そう、どこで何を買うのか聞いていない。

「防具屋」

「防具……ローブはこの前買ったし、何を買うんだ？」

「服よ。私服」

「あー、私服ねぇ……私服!?」

「そ。防具屋で買えるわよ。というか、あの店が一番品揃え良いし」

そうじゃなくて……と突っ込みかけて、やめた。

俺がどう喚いても、今になってツララが予定を変えることは考え難《にく》い。それに、今日はせっかくのオフだ。無駄に体力を使うのはよそう。

断っておくが、彼女の私服に興味があるとかそんな思惑は一切ない。

防具屋はフロアごとに販売アイテムを分けていた。

一階は戦士職用防具。鎧や兜など金属製の防具がひたすら陳列されている。

二階は魔法職用防具。一階とは打って変わって、ローブやマントといった布製のアイテムが多い。

今まで一番時間を使って見て回った場所でもある。

三階はその他職用防具。要は一階や二階にカテゴライズされなかった品を集めた感じのフロア。

『アリスティルの篭手』はここで見つけた。

普段はこの三階までしか足を運ばない。

始めて上がったここ、四階は女性服売り場。ちなみに五階には男性服がある。元の世界であれば、更に年齢によって区分けされるのだろうけれど、ここではツララくらいの女の子からお婆さんまで見掛ける。それだけの年齢層をカバーする品が、このフロア一つに揃っているということだ。

当たり前だけれど、周りは女性ばかり。非常〜〜に気まずい。

時折、俺のように女性の添え物となって歩く男を見掛けては、互いにちらと目を合わせ謎のシンパシーを抱く。

（はは、君も苦労してるね）

（そっちこそ。お互い頑張ろう）

苦笑気味に、そんな視線を交わすのだった。

延々と続くハンガーに掛けられた服の列の間を縫うように歩く。ただひたすら歩く。

ツララは何も言わず、たまに立ち止まっては気になった服をぽいっと籠に放り込む。

女の子の買い物ってこんな感じなの？　まぁ、アレコレ聞かれるよりは良いか。聞かれてもまともに答えられるとは思えないから……

どれくらい時間が経ったかは分からない。悟りの境地に達したのか女性だらけの空間にも慣れてきた頃、ツララが声を掛けてきた。

「試着してみるから感想を聞かせて」

無理だって……

彼女は試着室からなかなか出てこなかった。着替えの間、試着室の前でユキを抱えて待っていた。

何着か持っていったはずだけど、組み合わせで迷っているとか？

何となくツララらしくない……腕の中のユキを撫でながら、そんなことを考えていた時だった。

「お待たせ」

振り返って絶句した。

ツララが選んだのは、薄い青のノースリーブ。肩口からは普段決して見ることのない、彼女の細く白い腕の全てが露わになっている。体のラインを強調させるそのデザインは、ツララの確かに存在する胸と、くびれた腰を引き立たせていた。その先は……ミニスカートに白ニーソだと……？

「どうかしら？」

そう言って半身を翻すたびに、白と青のチェックのミニスカートが揺れる。

白のニーソックスについては……もはや言うことはない。ツララは何を考えているんだ？

全体を見ると、白と青のコーディネート。毎日黒衣に身を包んでいる反動なのか。

それにしても……それほど露出が多いという訳でもないのに、目のやり場に困るのは何故だろう。

「聞いてる？」

「え？　あ、あぁ。えーと……アイドル？」

ほらー。こんな阿呆な感想しか出ない訳ですよ。

「それは……褒めてるの？」

「も、もちろん！　すごく……可愛い、と思う」

挽回しようとして思わず声が大きくなるが、途中で恥ずかしくなって尻すぼみになった。

そんな俺を見て、ふふっと笑う賢者。

「そ。じゃあこれに決めた」

「え？」

それだけ言って試着室へ戻っていくツララ。

結局この日彼女が身に着けたのは、このコーディネートだけだった。

「あれだけで良かったのか？　あっさり決めてしまって」

会計を済ませたツララに、思わず聞いてしまった。

「ええ。たくさん見せてもぼやけるだけよ。それに、あっさり決めた訳ではないわ。中で迷ったんだから」

そう言って試着室を見遣る。やはりあそこで迷っていたのか。

「私が一番良いと思ったものをタヒトに見てもらって、それをあなたが良いと言ったのだから、他を着る必要はないわ」

「な、なるほど」

俺の良いという判定が正しいか否かは甚《はなは》だ疑問だけれど。

「あなたも何か買ったら？　服」

そう言われて、俺の普段着も買うことになった。二、三適当に選んだ服は何故か黒っぽいものばかり。「普段の反動が服に出る」という仮説は正しいのかもしれない。


防具屋を出て、近くで見つけた食堂に入り、かなり遅めの昼食をとる。

食事をしながら話し合い、次は武器屋へ行くことに決めていた。《南の草原》で痛感したのは、俺の攻撃力が低すぎるということ。もちろん、全てが武器のせいではない。

一番の理由はツララのような攻撃魔法がないことだろう。

【遅刻】で相手は無力化できるし、【英剣準二級】でカウンター攻撃はできる。〈アスペイド〉には通用しなかったが……。けれど、自らが攻める、止めを刺す、といった段になると、初心者用のナイフでは限界があった。『ソード・ステッキ』の刃は常用するものでもないし……

俺も賢者のように格好良くフィニッシュを決めたい。

そんな訳で、新しい武器を求めて馴染みのお爺さんを訪ねるのだった。

「こんにちはー」

「……留守かしら」

ツララはこの店は始めてらしい。一見、誰もいない店内を覗き込む。

いつもであれば、奥からゆっくりお爺さんが現れるのだけれど……

今日は遅いな？　もう一度呼び掛けようとしたところで、声が聞こえてくる。但し、女性の声で。

「おじいちゃーん、お客さんだよ～」

店の奥から、ぱたぱたと小走りで女の子が現れた。

俺達を指差してお爺さんを手招きする。

「ほら、待ってる」

「ほんとだねぇ。ありがとう」

「いーえっ。じゃあ、ぼくはもう行くね」

「あぁ、またおいで」

ツララと比べると少し小柄なその女の子は、「またねー」と手を振りながら走り去っていった。

「……お孫さんですか？」

口に出した後で気付いたが、そんなはずはなかった。

彼女はどう見ても〈旅行者〉だったから。

「まぁ、そんなもんだねぇ」

「なるほど」

返事は予想とは違ったけれど、あまり踏み込むのも野暮なので本題に入ることにした。

「渡したナイフを使ってくれてたとはね。しかも狩りで。あれは護身用だから、積極的に使うものじゃないよ」

「そうだったんですか……」

積極的に、どころかメイン武器になっていました。

「よく今まで無事だったね。ナイフも、あんたも。よっぽど扱いが上手いんだろうが」

「そんなことは……武器が丈夫だったんですよ」

【Excil《エクシル》】と『アリステイルの篭手』のおかげだけれど、なんだか嬉しい。

「謙虚なのは、〈旅行者〉の特徴かね。それで、予算はどれくらいだい？」

「うーん、５０万までで」

「ほぉ」

お爺さんの目が細まる。

「この短期間で……大きく出たね。ちょっと待ってな」

そう言って店内を見渡し、主人が手に取ったのは小剣。レイピアを一回り小さくしたような『スモール・ソード』とも呼ばれる代物だった。

「どうだい？　初級冒険者が扱うようなものではないが、あんたなら使いこなせるだろうよ」

「これは……良いですね。おいくらですか？」

「相変わらず話が早い」

思い返してみれば、俺はナイフを刺突に使うことが多かった。

そう考えると、小さくて軽いこの武器は実に俺向き。あとは値段だけ。

「30万マーク。他の店じゃあ、この値段では買えないだろう」

「買います。それと……」

「二本で30万マーク。これ以上は負けられないよ」

悪戯好きの子供のような笑顔で店主は言った。

「必要なんだろう？　予備が」

話が早いのは、お互い様のようです。

† † †

武器屋で新しい装備を手に入れたあと、ツララと北の森にほど近い場所まできていた。

街と森が交わる静かな空間。辺りに人は見当たらない。ここに来た名目は……なんだっけ？

「なー」

あぁ、ユキの散歩だった。子猫に散歩が必要なのかは分からないけれど、森から流れる小川の傍で佇む姿は気持ちよさそうに見える。そんな子猫をただただ愛でているだけの時間。嫌いじゃない。

どれくらいそうしてたのか。日も沈み始め、そろそろかなと思っていたところだった。

寝転がるユキを抱きかかえて、ツララが俺を見据える。

「今日はありがとう」

彼女は左手を差し出す。

「どういたしまして」

自然と応える俺の右手。

ツララは少しだけ距離をつめて呟いた。

「おかしくなかった？」

「なにが？」

「私。誰かと買い物へ行くなんて、初めてだったから」

「そんな風には見えなかったけど」

「なら良かった」

僅かに安堵の表情を浮かべる彼女を目にして思わず言った。

「不安ならまた付き合うけど」

「え？」

「別に、これっきりって訳じゃ無いだろ？　先は長いさ」

ツララは数秒、まじまじと俺を見つめたあと、目線を逸らした。

「そうね……また、お願い」

「はいはい」

何故か俯く賢者の手を、きゅっと握り帰宅の魔法を唱える。

混じり合う景色の中で、右手を伝って彼女の声を感じた。

「合格」

26　本気

五メートルほどの距離で対峙する少年が構える。両の手にはナイフ……というより、その大きさから短刀と呼ぶのが相応しいのだろうか？　今は木製の鞘に覆われていて、形状は良く分からない。左手の短刀を前に、右手を後方逆手で構えるその姿は、彼の幼い顔立ちからは不釣り合いな年季を感じさせた。

対するこちらは『ソード・ステッキ』一本。もちろん刃はしまってある。

構えなんて良く分からないので、それっぽく右手に握って前に出してみた。その構えを合図と見たのか、少年が跳躍した。勢いそのまま、突進しながら左手で突き……はフェイントで、本命の右手斬り上げが襲い掛かる。それを杖で止めると、カーンと甲高い音が鳴った。

企みを阻止されても少年に動揺は見られない。残る左手を振り下ろし追撃にかかった。

彼の斬り上げを止めた杖を力任せに払う。それにより少年の体勢が崩れ、振り下ろした刃の軌道が逸れたことで俺は回避に成功する。

ルーカスにぼこぼこにされかかった経験が生きていた。自分に向けて躊躇なく繰り出される攻撃に対応できるのは、あの怪物の剣技を体験したからだろう。

しかも【Excil《エクシル》】を使って見たのだ。その経験値は何倍にも増幅されて蓄積されたのかもしれない。加えて『白風のローブ』の加護もある。

あるのだけれども――

止《や》まない少年の猛攻をかろうじて躱しながら思う。――ちょっと……強くない？　ルーツ君。

遡ること十分ほど前。

今日もツララと《南の草原》で狩りをしていた。

周りではいくつかのＰＴが同じように狩りをしていたのだが、蟻と戦うシズク達が目に留まり、どちらからともなく合流し、なんとなく一緒に昼食をとっていた。

先日武器屋で新しく手に入れた『スモール・ソード』を片手に、試し斬りにでも行こうかと腰を上げたところで背後から声が掛かった。

「タヒトさん！」

必死とも思える声に驚きつつ振り返ると、そこには唇を噛みしめ瞳を潤ませた少年ルーツがいた。

……え？　俺……なんか悪いこと、した？

無条件にそう思わせるほどの表情で少年が懇願《こんがん》する。

「け、稽古をつけてくれませんか！」

「稽古!?」

「はい！　是非！」

膝に額がつかんばかりに深々と頭を下げる少年。

「稽古って……前にも言ったように、俺、魔法使いだし。剣も素人なんだけど……」

「素人？　素人って……タヒトさん、剣を扱ってどれくらいですか？」

「う〜ん、二週間ちょっと？」

「え!?」

ルーツが固まった。俺のあまりの素人っぷりに衝撃を受けたのだろう。

そのまま諦めてくれるとありがたい。

「二週間ってそんな……」

「本当だよ。だからこんな素人に教え――」

「天才じゃないですか!!」

「……え？」

「魔法使いなのに……それも二週間であんな動きができるなんて、天才以外にあり得ません！」

ああっ、逆効果ですかそうですか。

「天才の剣を是非っ！」と再び頭を下げるルーツ。

おいおい、勘弁してくれ――そう思って視線で周囲に助けを求めてみた。

「タヒトさんと稽古なんてすごいね！」

「ああ見えてルーツも結構やるからな。これは面白いぜ？」

【治癒《ヒール》】は任せなさい」

おまえら……

「ダメ……ですか？」

その捨てられた子犬のような表情に、ＮＯとは言えなかった。


こうして稽古が始まったのだが……

「おわっ！」

小さな体を鋭く回転させながらの連撃。それを何とか躱すが、代償として大きく仰け反ってしまった。ルーツは全身で連撃を繰り出していたにもかかわらず、俺が見せたその隙を逃すまいと左右から更に挟撃を繰り出してくる。

草原に甲高い音が再び響いた。

杖を横に向けることでなんとか二刀を防ぐ。しかし……衝撃で手が痺れ、動かない。

今攻撃を受けたら――

が、覚悟した追撃は来なかった。バックステップで距離をとるルーツ。

どうしたんだ？　訝しく思っているところで彼が口を開いた。

「タヒトさん」

それは、少し前に俺を天才と祭り上げた少年のものとは思えないほど、深く冷たい声。

「本気を……出してくれませんか？」

腹の底から絞り出すかのような、畏怖さえ感じさせるその声は、少年の本気を表していた。

いや、目一杯本気です……と茶化すことも考えたけれど、ルーツの真剣な眼差しにまたしてもNOとは言えず……

「【Excil《エクシル》】」

たった十秒の本気を出すことにした。

決着は一瞬。

先ほどの攻撃を有効と見たルーツが、初手で両手の挟撃を仕掛けてきた。同じように杖を横にしてガードする。同じでないのは、今回はその攻撃が来ることが分かっていたこと。

あらかじめ力を込めておけば手は痺れない。あらかじめ動いておけば、防御と同時に攻撃ができる。両の手が塞がり、がら空きだった少年の鳩尾《みぞおち》に蹴りを放った。

「うっ⁉」

蹴った、というより足の裏で押した、と表現したほうが正確かもしれない。にもかかわらず、ルーツの体は草原の上を三メートルほど水平にふっ飛んだ。草がクッションになったとはいえ、着地してから派手に二回転。ようやく止まったところで、慌てて駆け寄る。

「大丈夫か？」

「……は、はい。何とか」

手を振って無事を知らせる少年。

「良かった。加減したつもりだったんだけど……レベルアップのせいかな？」

「レベル……いくつでしたっけ？」

「4だよ」

一瞬の間を置いて、ルーツがぎこちなく微笑んだ。

「あはは……タヒトさん、やっぱり天才です」

27　意地悪

「いやぁ、良いもん見れた」

しみじみと頷くハジク。

「ね、ね！　最後どうなったの？　私に分かるように説明して！」

シズクがそんなハジクの服の裾をぐいぐい掴みながら状況説明をせがむ。

「ちょっ、引っ張るな！　仕方ねぇなぁ。良く聞けよ？」

「うん、うん！」

「まずルーツが飛び掛って両手で攻撃しただろ？　ありゃさっきも使った技だが……あえてもう一度使うことで意表を突くつもりだったんだろうよ。けれども、タヒトさんは冷静に杖でガード！」

「それで、それで！」

「ガードしながら～の、前蹴りでルーツの腹をドーンよ！」

「そこよ！　簡単に言うけど、なんで防御と蹴りが同時にできるの？」

「あ？　それはお前……天才だからだろ」

「説明になってない！」

兄妹が騒がしくする中、ルーツは賢者の治療を受けていた。

のぼせたように顔が赤いのは、勝負の熱がまだ引いていないからだろうか。

「終わり」

そう言って離れるツララの後ろ姿を、いつまでも眺める少年。そこには明らかに感謝以上の感情が読み取れた。それが何となく気になりつつ、声を掛けてみた。

「強いね」

「……えっ!?　あっ、はい！　……い、いいえ!!　全然です!!」

背後から急に話し掛けたのが不味かったのか、取り乱したように腕を振るルーツ。

「いや、本当に強かったよ？」

フォローのつもりでそう言ったのだが……

「……だめなんです……僕は」

何故か落ち込ませてしまった。

「普段は大丈夫なんですけど……いざという時に体が動かなくなって……」

「ああ、それでか」

「えっ？」

「初めて会った時だよ。それだけ強かったら、あの時も何とかなったんじゃ……あっ、ごめん！」

がっくりと項垂れるルーツ。

すまん、そんな気はなかったんだ……

「良いんです。その通りですので……。タヒトさんのような強い方と手合わせしてもらえたら、慣れるかなって思ったんですけど」

「なるほどね……」

何とか挽回しようと考えて、ふと思いつく。

「稽古……してみる？」

「え？　でも、それは……良いんですか？」

「毎日とはいかないけど、たまになら。俺もルーツ君の動きは勉強になるし」

「勉強だなんて、そんな」

ルーツは照れているが、本心だった。彼の剣技は素人目に見ても美しい。この先『スモール・ソード』を活用する上で、是非参考にしておきたいところ。

魔法使いのくせにって？　何それ知らない。多くの資格を持っていたほうが就職に有利だったように、この世界でも多様な能力が求められるということなのだ。

「是非、お願いします！」

少年のつむじを見るのは、今日何度目かな。

無事に狩りを終えて帰り道。今日は途中でシズク達と別れたので、【早退】を使い、ツララと共に草原から転移する。街外れのいつもの場所に到着すると、ツララが仕掛けてきた。

「あんまりいじめては可哀想よ」

「そんなつもりは無いっての」

ルーツとのやりとりを聞いていたらしい。一度は気落ちさせてしまったが、ちゃんとフォローもしたし、非難される謂《いわ》れは無いはずだ。

不満げな俺の態度がお気に召したのか、賢者がふふっと笑った。

なんなの？　今日はSの日なの？　あ、今日も、か。

そういえば、ルーツと勝負する前にも、「安心して怪我しなさい」みたいなことを言われた気がする。案の定というかなんというか、彼女のターンは終わっていなかった。

「それとも」

小悪魔な笑みを湛《たた》えたツララが追い打ちをかける。

「やきもちかしら？」

「なっ……」

不覚にも言葉に詰まる。すぐに言い返せなかったのには理由があった。

先ほどの光景……治療のためとはいえ、ルーツに寄り添うツララの姿が一瞬頭を過ったからだ。

「や、妬《や》いてないし！　なんでそうなるんだ」

「あら、違った？　私も間違えることがあるのね」

「俺に対しては大体間違ってるよ……」

余裕の笑みと共に「そうかしら」と返した賢者は、その後ずっとご機嫌だった。

† † †

「う～～ん、久しぶり」

大きく伸びをしながら森林の空気を思いきり味わう。北の森《ラビレスト》の変わらない静けさに、心が安らぐ気さえする。まぎれもなくここは俺のフィールド《しごとば》。

「大げさね。一週間も経ってないでしょ」

ぐぬっ……冷や水を通り越して氷。今日もSなの？　許してよ。

「数日おきに通う分には問題ないでしょ」と、《ラビレスト》行きを提案したのは賢者だった。

俺としては内心大賛成だったのだけれど、昨日の今日ということもあって「良いんじゃない？」とクールに返事をしておいたのだが。

森に入るや否や、駆け出してしまったのは不味かった。まるではしゃいだ子供のようじゃないか。

「俺はこっち」

気恥ずかしさを隠すため、早々と自分の陣地を宣言する。

「じゃ、私はあっちね」

こんな狩り場の割り振りも慣れたものだ。さっと散開する。

静寂を破らぬよう、息を殺して歩く。久しぶりの緊張感。気分が高揚しているのは、この森のせいだけではない。右手の『スモール・ソード』。新しい武器はそれだけで興奮剤になる。

もう少しその昂揚感に浸っていたかったけれど、ウサギは待ってはくれなかった。

茂みの上からぴょんと耳が飛び出している。あの形は間違いなく〈ファトム・ラビット《マイハニー》〉。

ブランクを全く感じさせない速度で体が反応した。

「【遅刻】」

閃光がウサギを射抜く。

全身を痙攣させたあと、何を思ったのか、はたまた何も考えられなかったのか、〈ファトム・ラビット〉は無防備に突進してきた。

本来の速さを失った獲物に【Excil《エクシル》】は必要ない。

最短距離でただ、貫いた。これは凄い……突きに特化した武器とはいえ、この鋭さ。

切っ先が吸い込まれるようにウサギの体へ侵入し、手には何の感触も残らなかった。


デデーン！

職業レベルが上がりました！

【職業】はけん　Lv7　↓　Lv8

ピロリーン♪

新魔法を習得しました！

【破賢魔法】
・ブラインド・タッチ

28　うるさい男

たっぷり《ラビレスト》での狩りを楽しんで、ギルドへ。

森から離れていた間にチャージされた【有給】を使って、『スモール・ソード』の感触を確かめるように狩りを続けていたら、いつの間にか皮袋には十五匹分のアイテムが入っていた。賢者に勝ったのは言うまでもなく、自己最高記録をマーク。

換金を終えたあとも自然と頬が緩む。

一方ツララは、戦果の申告からここまで沈黙を守っている。

もしかすると負けたせいでご機嫌ナナメなのかも。

「こっち、こっちです、兄貴！」

坊主の男がこれでもかと腕を振って存在をアピールしている。

その無駄にでかい声はギルドの喧騒をものともせず、フロアに響き渡った。

ベテランからルーキーまで、周囲の視線が集中する。

見れば分かるって……お前しかいないんだから、坊主。

人前で兄貴はやめるようにと、きちんと言っておくべきだった。ここで奴の元へ向かえば、「私が兄貴です」と公言しているようなもの。恥ずかしすぎる。心を鬼にしてスルーするか――

「呼んでるわよ」

他人の振りを決め込もうとしたその時、背後から冷たい風が吹く。

振り返ると、にっこりと優しい笑顔の賢者がいた。

負けず嫌いめ……

大きく溜息を吐いて、「兄貴」を名乗ることにした。

「いや～、やっぱり来てくれましたか。待ってた甲斐がありますわ」

周りの目を気にしつつ、勧められるままに席に着くと同時にハジクが笑う。珍しく一人のようだ。

「ハジク、声がでかい。あと、人前で『兄貴』はやめて。それと声がでかい」

「あっ……はい！　すいません‼」

しまった、という顔をしながら、気合のこもった謝罪。

こいつ、分かってねーな……

「私のことは『姉御』って呼んでもいいわよ」

何を言ってるんだ、お前は。

「いやぁ、流石にツララさんに姉御は似合わないっすよ」

「そ。残念」

いろいろ突っ込みたいが、ぐっと我慢して話を促した。

「で……待ってたって？」

「えぇ。必ず来てくれると踏んで待ってましたよ」

「なんで？」

「決まってるじゃないですか。飯でもご一緒しようと思ったからっす！」

決まってるんだ⁉

ま、まぁ……その気持ちは嬉しい。

少し言葉に詰まってしまった俺の代わりに、ツララが継いだ。

「どれくらい待っていたの？」

「え？　そ～ですねぇ……三時間くらいっすかね。オフだから時間はあるんですよ！」

「……それは、ご苦労様」

「ありがとうございます！」

流石の賢者も呆れ顔だ。

「それで！　聞いてください！」

「何だよ……」

興奮気味のハジクが顔を寄せる。

言うまでもなくうるさい。

「ここに座って待ってて……二時間目くらいですかね？　降りてきたんですよ！」

「何が？」

「新スキルですよ！　新スキル！」

「へぇ」

「まさかモンスターを倒す以外でスキルが降りてくるなんて！　流石の兄貴も知らなかったでしょ!?」

「そうだな、驚きだよ」

驚きだよ！　さっき言ったことを、もう完全に忘れるなんて！

「どんなスキルなの？」

戦闘以外での魔法やスキルの習得……その現象をツララが知っていたのかは分からないが、興味はあるみたい。

「【不動不屈】ってスキルなんですが……解説によると、『動かなければ防御力アップ』らしいっす！」

「防御系のスキル……座って待ってると習得できるのかしら」

「戦士のスキルじゃないか？　魔法使い《おれたち》が習得するのは難しそう」

などと言ってみたけれど、この世界は良く分からないからな。

案外ここで二時間粘ってみたら、「ピロリーン♪」と鳴るかもしれない。

「あ〜早く試してみたいなぁ」

浮かれたハジクはこんなことを言っているが、素早さが身上の俺としてはあまり使いたくない部類のスキルだと思う。いくら防御力がアップしても、動けない間はただの的になる訳で……想像するだけでもぞっとする。やっぱりこれは、もともとの防御力が高い戦士用のスキル——

「みなさん、こんにちは」

考えていたら声が掛かった。俺と同じく身軽さが売りの少年だ。

「こんにちはルーツ君……って、その傷はどうした⁉」

「あはは……ちょっと特訓を」

照れ笑いをするルーツの顔、そして腕にはいくつもの切り傷や擦り傷。衣服はあちこち破れ、片膝が露出していた。

「特訓って……一体どんな特訓？」

どうやったらここまでボロボロになれるのか、不思議だった。

「秘密です」

「……」

にっこりと言い切る少年には謎の迫力があった。

「あっはっは！　オフの日にまで特訓とはやるな、ルーツ。だが俺も負けてないぜ？　何せ新しいスキルを——」

「えぇ⁉　新しいスキル？」

「おうよ」

「いつ……どうやって習得したんですか？　どんなスキルですか？　僕にも習得できますか？」

勢いそのまま詰め寄る質問攻めのルーツに、流石のハジクもたじろぐ。

「いや、ちょっとそこの椅子で二、三時間座ってだな……」

「？？」

普段兄妹のやり取りに振り回されていることが多いルーツの思わぬ攻勢に、しどろもどろに説明するハジクの姿が少し笑えた。


「ごめんなさい、興奮しちゃって……」

「気にしてねぇよ」

ひと段落したところで、ルーツがハジクに頭を下げる。

「ぼくも欲しいな……スキル」

ぽつりと漏らした一言で、納得してしまった。ルーツは無職のため、スキルも魔法も習得できていないのだ。特訓もそうした焦りから来るものかもしれない。

「傷、治すわよ」

「え⁉」

ツララが杖に手を伸ばす。

「だ、大丈夫です！　さっきポーションを飲んだので、もう少ししたら消えるはずです！」

「そ。ならいいけど」

先ほどの迫力が嘘のようにあたふたする少年。うん、いつものルーツだな。

「あれ？　そういえばシズクは？」

二人がここにいて、彼女だけいないことに今更ながら違和感を抱く。呼んでない、ということは考えにくい。

「あっ！　忘れてた……というか、見ませんでした？　シズク」

「いや、見てないけど？」

「おっかしいなぁ～。だってあいつは兄貴達のところに――」

「た、ただいま……」

ちょうどというか何というか、噂の主が帰ってきた。

うん？　こちらもボロボロとは言わないまでも、なんだか異様に疲れている様子。

「やっぱり戻っていたんですね……」

「え？」

「い、いえ！　なんでもありません！」

それだけ言って隣へ座るシズク。本人が語る様子がないので、これ以上は聞かないことにした。

今回は見事に全員が「飛ぶジュース」を躱して乾杯できた。

シズク達がオフということもあって、休日の過ごし方や宿に帰ってから何をするのか、といった話題が中心になる。ツララが昨日服を買った話をすると、三人のうち二人が食いついてきた。

「見せてください！」と興奮する少女と、「ぼ、ぼくも……」と恥ずかしそうな少年。

盛り上がる中、俺は一人冷や汗を掻いていた。

二人で買いに行ったという事実が知られれば、何を言われるか分かったもんじゃない。

平静を装ってはいるものの、バレていない自信はなかった。

ハジクが意味深な笑みでこっちを見ている。こいつは変なところだけ鋭い。

「服ですかぁ……いいなぁ……お金欲しい」

溜息交じりにシズクが漏らした。どんな話のあとも、巡り巡ってお金《ここ》に行きつく。

何をするにも、結局お金だからね。ループする話題に、ややムードが重くなる。

「あ、あの……僕から提案があります」

するとまるで待っていたかのように、ルーツが切り出した。

「少し冒険、してみませんか？」

29　花と洞窟

《南の草原》の奥地――果てしなく続くかと思われた緑は唐突に終わりを迎え、一転して砂の大地が広がる。草原と砂漠の境は日毎互いに侵食せんとせめぎあっていた。そんな砂漠地帯にぽつんと草が顔を出すように、その洞窟はあった。

古くから所在する洞窟。『ラシア』というそこでしか見られない花が生息していることから、《ラシアの洞窟》としてこのあたりでは知られた存在である。

ラシアの花の香りには鎮静作用があり、煎じて飲めば睡眠薬にもなると言われている。同時に花自体の美しさも称えられ、鑑賞用として《ルーデン》でも高値で取引されていた。

六ヶ月に一度花開くラシア。その開花に合わせ、ギルドにはラシア採取の依頼が多数舞い込む。その依頼を受けた冒険者達は、こぞって《ラシアの洞窟》へ赴くという。

「報酬は出来高で、持ち帰った花が多ければ多いほど良い……だからメンバーが増えても稼ぎは減りません」

「どれくらい稼げそうなの？」

提案者であるルーツが説明すると、シズクが手を挙げて質問する。皆が一番気になっていたことだ。

「目一杯持って帰れば、２０万マークにはなるかと……」

「に、２０万⁉」

「本当っ⁉」

シズクとハジクが身を乗り出した。

三人で一日３万マークを稼ぐのに四苦八苦している彼らにとって、２０万マークは大金だった。

「おっし！　今すぐ皆でその依頼を受けよう！」

「賛成！」

即座に方針を決めにかかる兄妹に、ルーツが苦笑しながら言う。

「いえ……皆では無理です」

「む、無理？」

「はい。この依頼は僕達では受けることができません」

「なんでだよ……あっ！　クラスか？」

「そうです。この依頼はクラス３。僕達では受注できません」

「じゃあどうするんだ？」とハジクが言いかけたところで、ツララが割って入った。

「だから、私達が依頼を受ける、そういうことかしら？」

「あっ、はい！　そうですっ！」

なるほどね。冒険と金策を両立した洞窟探検ということか。依頼を受けるのは、クラス３の俺とツララ。ハジク達は冒険という名目でそこに同行すると。

目的は……分かった。けれどもすぐに「はい、行きましょう」と言う訳にはいかない。

新しい狩り場、ましてや彼らが付いてくるとなればそれなりに下調べをしないと――

「これが《ラシアの洞窟》で出現するモンスター一覧です」

おおっ⁉　準備が良いな……

こちらが何も言わずとも、「換金モンスターリスト」を拡げ始めたルーツに感心する。

「え～っと……レベル5……か、6かな？」

リストで出現モンスターのレベルを確認するシズク。

《南の草原》のモンスターよりは、やはり強い。

「なんとかなりそう？」

ツララが声を抑えて俺に聞いてくる。

レベル7を一撃で屠《ほふ》る賢者にとって、洞窟のモンスターは問題ではないだろう。

本人曰く、あの氷魔法は発動まで時間が必要だから、一人で倒した訳じゃない、とのことだが。

問題は俺。〈アスペイド〉戦のような失態は避けないと……

一通り目を通して答える。

「大丈夫……と思う」

リストを見た感じ、〈アスペイド〉のような「デカイ」「硬い」を備えたモンスターはいなかった。

【遅刻】か『スモール・ソード』さえ通用すればなんとかなる。

俺達は問題なさそうだ。あとはシズク達がやっていけるか。

「皆のレベル、教えてくれないか？」

「5です！」

「僕も5ですね」

「もちろん俺も5」

おっと、俺達より上だったのか。考えてみれば、《南の草原》には俺達より早く進出していたのだから、当然なのかも。とはいえ、どうしても初対面時のイメージがあって不安は拭えない。せめてルーツ君が実力を出せればなんとかなりそうだけれど。

「次のレベルアップは、どれくらいになりそう？」

同じモンスターを狩り続けた彼らなら、レベルアップのタイミングももしかして分かるかもしれない。そんな淡い期待をもって聞いてみた。

「たぶん、三、四日だと思います！」

シズクが即答する。

「あと蟻十匹ほどです」

「明日には上がるぜ！」

凄いな……君達。

「じゃ、じゃあ皆のレベルが上がったら……ということでどうかな？」

「賛成です！」

「それが良いですね」

「流石兄貴、ナイス判断！」

「待って」

沸騰した熱を冷ますかのようにツララが問うた。

「この依頼……なんでクラス3なのかしら？」

「どういうこと？」

「ギルドが行う依頼のクラス分けがどういう仕組みかは知らないけれど、洞窟のモンスターを見る限り、クラス3という設定は高すぎない？」

「……そう言われてみれば」

もともとクラス3がどの程度のレベルの冒険者を基準としているのかは知らないけれども、少なくともレベル4の俺とツララがそこに所属しているのはイレギュラーだ。本来であれば、おそらくレベル二桁は必要な気がする。それがクラス3の実力と仮定しておこう。

一方、レベルが一桁であるルーキーのほとんどは未だクラス1。シズク達もその中に含まれる。そんな彼女達でもなんとかなりそうな依頼がクラス3に設定されているというのは……確かにおかしい。何か落とし穴があるんじゃないか？

「それは多分……最近起こっている事件のせいだと思います」

「事件？」

ルーツが疑問に答える。

「ここ数ヶ月、あちこちで冒険者が消えることが何度かあったんです」

「消えるって……モンスターにやられたんじゃないのか？」

さらっと言ったハジクの言葉は、残酷だが現実だった。この世界での負けは即、死に繋がっている。

「分かりません。草原で遺体が見つかったこともあるらしいのですが……」

「ひぇっ……」

シズクが思わず息を呑んだ。

毎日のように通っていた草原でそんな物騒なことが起こっていたのだから、動揺するのも当たり前だろう。俺だってショックだ。

「あぁ、その話なら俺も聞いたぜ」

「お兄ちゃん、知ってるの？」

「ここで待ってる間にな。何せ三時間も座ってたんだから、そんな情報は山のように――」

「ず、ずっと盗み聞きしてたの？」

シズクの顔が若干引きつっている。

「俺にそんな趣味はねぇ！　ここに座って兄貴が来るのをひたすら待ってただけだ。心を落ち着けてな……あれが悟りってやつかもしんねぇ。そうしたら――」

「はいはい、その話はあとで聞くよ」

「むっ……絶対だぞ？　えーっと……なんだっけ？」

「お兄ちゃん！」

「そうそう！　事件な。いろんな奴がいろんな形で話してたよ。ただ悲しそうに話す奴らもいりゃあ、死んだモンを小馬鹿にしてる奴もいたな。雑魚が調子に乗ったからだとか何とか。だが一番多かったのは、怒ってる連中」

「怒ってる？」

「あぁ。その事件のせいで、依頼の受注クラスが上がった、ってな」

「なるほど。ルーキーが危険な目に遭わないように、ギルドが依頼のランクを上げたのか」

「一応、配慮してるってことになるのかしら」

怒る連中を不快に思うことはなかった。彼らも生活が懸かっているのだから。

そして俺達も……そんな事件があろうと、狩りへ行かない理由にはならない。

「前回のラシア採取依頼は、クラス２に設定されていたはずです」

「クラス２か……なら大丈夫かな？」

ルーツの言う通りなら、怪死事件を度外視した依頼そのものの難度はクラス２ということになる。

となれば、このＰＴで対応できないことはない。

「タヒトさん達がいれば大丈夫ですよ！」

シズクが身を乗り出して同意する。

「俺の新スキルもあるしな！」

「え!?　お兄ちゃん、スキル覚えたの!?」

「ふふふ……聞いて驚け！」

何だか話が逸れていってしまったが、洞窟探検をすることは決まったようだ。

ツララも納得したようなので、結論は変わらないだろう。探検までにはまだ数日あるが、万全を期すためにも、彼らと共に俺とツララもレベルを一つは上げておかないと。

できればルーツと稽古もしておきたい。

「そういえば、ルーツは何で依頼なんて知ってんだ？　クラス1のくせに」

「時々チェックしてるんです……依頼。いつか僕も、って……」

「はっは！　いい趣味してるぜ」

恥ずかしそうに俯く少年の肩をバンバン叩き、ハジクが豪快に笑った。

30　運転手

全員のレベルが上がったのは、四日後だった。

シズクとハジクは翌日にレベルアップ、俺とツララはその翌日。

「お待たせしてすいません……」

「気にすんな！」

更に一日空けて四日目、最後にレベルアップしたのはルーツだった。ルーツが申し訳なさそうに謝ると、ハジクがフォローする。「兄貴」の称号は奴にこそ相応しいのではないだろうか。

ルーツがレベルアップした次の日の半分は、探検の準備に充てた。狩りを午前で切りあげてギルドへ。アイテムの換金はもちろんだが、他に用事があった。荷馬車の手配だ。

《南の草原》は広い。《ラシアの洞窟》に到着するまでのどこかで、野宿をする必要がある。寝泊まりの備えと、帰りに荷物が増えることを思えば荷馬車は必須……ということだった。

ここで問題が発生する。荷馬車は良いとして……誰がそれを操るのか？

俺達がやってやれないことはないんだろうけれど、洞窟の中まで荷馬車を入れることは難しいと思われた。

誰かが外で荷物の管理をしなければいけない。かといって俺達の中の誰かがそれをやると一人分……いや、外の危険を考慮するとなれば二人分の稼ぎが減る。

あれこれ考えた末に、ギルドを介して人を雇うことにしたのだ。

というと簡単だが、俺達が留守の間、一人で長時間荷物を守れる運転手——正直、そんな人材都合よく見つからないだろうな……と思っていた。だがギルドの回答は短かった。

「分かりました。明日には手配可能です」

こうして出発の日が確定した。

その後は、寝泊まりの準備やらなんやらで街へ繰り出す。

ＰＴに賢者や僧侶がいるために普段あまり使わないポーションを買ったり、武器屋、防具屋を巡ったり。結局新しい武具は買わなかったけれど、装備の手入れは入念にしておいた。

準備にやり過ぎということはない。十二分に時間を使う。

「なんだか遠足の前みたいでわくわくしますね！　要らないものまで買っちゃいそう！」

「浮かれてはダメよ。遊びじゃないのだから」

「は、はい！　ごめんなさい！」

はしゃぐ妹を窘《たしな》めるようにツララがシズクに注意する。うん、やはり賢者はしっかりしてる。

「ちょっとそのお肉、とってくれる？」

「こんなに買ったの？　美味しそうだけど」

「ユキのエサよ」

「……浮かれてないよな？」

「当たり前じゃない」

「タヒトこそ、これは何？」

「見ての通り……マスクだよ」

「……」

「予備だよ、予備！　防臭効果もあるんだぞ！」

決してはしゃいでいる訳ではないのだ。


そして翌日。ギルドで集まった日から数えて六日後の朝。街の出口、草原への入り口でメンバーが集まった。

「やっとこの日が来たな！　早く行こうぜ！」

「荷馬車がまだ来てませんよ。そろそろ時間ですが……」

やる気満々のハジクに少し不安そうなルーツ。

「あっ、あれじゃない？」

シズクが指さす方向から、男が荷馬車を引いて近付いてくる。

さほど大柄ではないが、がっしりとした厳つい体。黒い胸当ての下にははちきれんばかりの胸筋が容易に想像できる、ボディービルダーのような体型。背に携えるのは男の体ほどもある大剣だった。鉄の塊ともいえる獲物を担ぎながら、重さを感じさせない悠然とした足取りである。

その光景はいくら冒険者の街といえども目を引いた。

「あの人が……運転手？」

シズクが疑問に思うのも無理はないが、俺の関心は別にあった。

あの男の顔には見覚えがある。あの強面には。

「ねぇ、あれって……」

「あぁ」

ツララも気付いたようだ。

男は目の前で荷馬車を停めると、半ば茫然としている俺達の顔を見回して言った。

「……遅れたか？」

「いや、時間通りだよ」

「そうか……良かった」

男の表情が緩んだ気がした。一瞬で元の無愛想に戻ったけれど。

「ハガネ・クロガネだ。よろしく」

「よろしく」

運転手の男……クロガネが伸ばした手を握る。

――やはり。

男は王様が勝手に主催したギルドクラス2昇格レースにおいて、ソロで五位につけた猛者、ハガネ・クロガネだった。

「俺達の自己紹介は――」

「結構だ。依頼者の名前は既にギルドから聞いている。それに……お前達のことは知っていたしな」

俺とツララを一瞥して微かに笑う。向こうも覚えていたようだ。

「早速出発と行きたいが、その前に今回の契約を確認させてくれ」

「え？　あ、あぁ」

「まず依頼の内容だが、《ルーデン》から《ラシアの洞窟》までの荷馬車の御者と護衛。具体的には、俺が道中のモンスターを排除しつつ荷馬車を誘導する。洞窟では外で待機し、荷馬車を守る。……合ってるか？」

「あぁ、合ってるよ」

「期間はこの街を出てから、三日後の十八時まで。一時間に五分の小休憩と、それとは別に六時間に一度、十五分の休憩を貰う。更に夜は最低三時間の睡眠時間を保証してくれ。原則、日が沈んでからは進まない……合ってるか？」

「……あぁ、間違いない」

「報酬はギルドが提示した通り、一日5万マーク。当然かもしれないが俺が倒したモンスターは俺が回収する。あぁ、回収の時間は休憩とは別に貰うぞ。それと契約にない行動は別途追加料金が発生するから注意だ」

「……あぁ」

「あとは……」

まだ何かあるのか？

「万が一俺が怪我をした場合の補償は、ギルドが請け負うから安心してくれ」

「りょ、了解」

「よし、じゃあ出発だ。荷馬車に入ってくれ」

「分かった。頼むよ」

クロガネに促され、荷物を運びながら馬車の中へ。

「うん？　お前はどうするんだ？」

いつまでも馬に乗ろうとしないクロガネ。

「俺は歩く。こいつを誘導するだけだ」

そういって手綱《たづな》を引く。ホォーンと啼《な》いたそれは……馬ではなかった。

良く見ると足が六本ある。流石異世界、乗り物も運転手も斬新……

31 キャラ

草原の海原を割るように延びる砂利道は、幅二メートルほどの荷馬車がようやく一台通れるかというぐらいの細く長い道だった。《ルーデン》から《南の草原》を越える道はこの一つしかない。その昔、一人の賢者が草原を焼き払って道を作ったらしい。

なんとも豪快な道の作り方だ。

未だに草一本生えていないところを見ると、ただの火魔法でもなさそうだが。

「どーせならモンスターも近付かないようにしてくれりゃ良かったのに」

「流石にそれは、シエルダ様でも難しいかと……」

ハジクの無理難題に、隣に座ったルーツが苦笑いする。確かに道であろうがなかろうがモンスターには関係ない。出くわせば、躊躇なく襲ってくるだろう。

そのためにモンスターの対処はクロガネが行う、という条件で契約した訳だけれども……実際のところ、襲ってきたモンスターはまだいないらしい。《ルーデン》を出てから暫く経つが、荷馬車は一度も泊まっていない。

「シエルダって誰だ？」

「誰って……〈六賢《ろっけん》〉の一人ですよ？　まさか知らないなんて――」

全員の顔を見渡す少年。頭の上にクエスチョンマークが見えたのかもしれない。

「知りません……よね」

どうやら、この中では自分が少数派であることを悟ったようだ。

「〈六賢〉というのは二百年前に魔王と戦った六人の賢者のことです。一緒に戦った四人の勇者と合わせて、〈四勇六賢《しゆうろっけん》〉と呼ばれ、今も敬われていて――」

「ちょっ、ちょっと待てよ」

ルーツの語りを出鼻から挫《くじ》くハジク。

「魔王って……いるのか？」

「もちろん今はいません。その戦いで滅びました」

「なんだよ、驚かすなよ……」

「良かったぁ」

同時にほっと息を吐く兄妹。

「今は何人いるのかしら？　賢者」

「は、はい！　その時は六人でしたが……今の正確な数は分かりません。時代によって違うので……」

ツララの問いに急に姿勢を正して答える少年だったが、言葉は尻すぼみになっていく。放っておくどこまで落ちていくか分からないのでフォローしよう。

「六人くらいはいてもおかしくないってことかな」

「そうみたいね」

「あ、六人はいます！　〈四勇六賢〉は今の時代にもいますから」

「今も……生きてるってこと？」

俺の左隣に座ったシズクが小首を傾げた。

「いえ、その時の〈四勇六賢〉は皆さん亡くなっています。二百年も前のことなので……。けれど今の時代には、今の〈四勇六賢〉が存在するんです」

「へぇ……魔王もいないのに」

右隣のツララから、何となく冷ややかな突っ込み。

「あはは……そうですね、今はその時代で活躍した勇者と賢者に与えられる称号みたいなものです」

「活躍っつーと……」

「主にモンスターを倒すことですよ。ですから〈四勇六賢〉の殆どが最高位のギルドクラスに属してます」

最高位って確かクラス7？　億超えの報酬貰ってるんだっけか……

勇者と賢者、か。騒がれるだけあるね。まじまじとその実物を眺めてしまう。

「……何？」

「賢者……凄いんだな」

「まだ何もしてないわよ」

強気な言葉とは裏腹にツララは目を逸らした。

「〈六賢〉とか格好いいなぁ……戦士にもそういうやつ、ない訳？」

「ありますよ」

「マジで⁉」

「戦士系の職業を一括りにした中で、〈十士《じゅうし》〉と呼ばれている凄腕の人達がいます」

「うぉ～～！　憧れるなぁ！」

「《ルーデン》にも〈十士〉の一人がいますよ。最近引退しちゃったみたいですが……」

嫌な予感は、した。けれども聞かない訳にはいかない。

「ちなみに……なんて名前？」

「ルーカス・エルロイ王国騎士団長です。剣の達人で、三十年前に《バチア》……隣の国が攻めてきた際に、一人で敵の中に切り込み、しかも敵将を討って帰ってきた話は有名ですよ」

興奮した様子のルーツに対し、冷や汗を流す俺。

「その戦いの功績で騎士団長に任命されてからも、北の森に潜んでいた〈ハァルジャーの悪魔〉を倒したり《セントナ》の剣術大会で優勝したり、《ルーデン》では最強の騎士として名高いのですが……知りませんよね」

「……どこかで聞いたかもしれない」

「わっ、本当ですか⁉　やっぱり王国最強の肩書きって凄いんですね。七十歳近くなのに全然衰えないみたいで……どうして引退したんでしょう。やっぱり御歳なのかなぁ」

「さぁ……なんでだろうね。ぎっくり腰かな」

「あはは、タヒトさんも冗談を言うんですね」

うぅ……なんか頭が痛くなってきた気がする。ふと右隣に目をやると、向こうを向いたままのツララの肩が震えていた。笑ってますね、確実に。

「そんな凄い人がいるんなら会ってみてぇなぁ。ね、兄貴?」

「難しいんじゃないかな。いろいろと」

「そうだよなぁ～。面会の許可とか厳しそうだよなぁ」

厳しいと思うよ、特別に。

「強いといえば……クロガネさんも強そうですね」

ルーツが話題を変えてくれた。遠慮なく乗っかろう。

「あぁ。あいつは強いと思うよ」

「やっぱり。あんな大きな剣を扱えるんですからね」

そう言えば城で会った時はあんな物を見た覚えがない。物騒すぎて持ち込み禁止だったのだろうか。

「思ったより気さくに話せそうだし、良かったよ」

「私も思いました！　怖そうな感じはしたけど意外に話せる、みたいな」

うんうん、と頷くシズクに、兄が舌打ちした。

「俺は気にいらねぇな」

「なんでよー？」

「いや、だってあいつ……俺とキャラ被ってない？」

「被ってない！」

「被ってないな」

「被ってないわね」

「……キャラって何ですか？」

一人首を傾げるルーツをよそに、ハジクが声を張る。

「ツ、ツララさんまで!?　いやいや……被ってますよ！　ワイルドキャラが！」

「被ってないよ！　お兄ちゃんのワイルドなとこって坊主だけでしょ！」

「筋肉足りてないしな、ハジク」

「強いて言えば男性ってことかしら……共通点」

「な……」

これ以上ない孤立無援っぷりに絶句する兄。

「それにクロガネさんは見た目ほどワイルドじゃなさそうだしー」

「あぁ。慎重……というか神経質な感じがしたな」

「見境なく【挑発】する大雑把な誰かとは違いますよねー」

「お、俺だって慎重なとこはあるわ！　普段から意外に気ぃ使ってるし！」

おいおい、お前がキャラを寄せていってどうする。

それじゃあ本末転倒――ん？

突然荷馬車が停まった。弛緩した空気から一転して緊張が走る。

戦闘か？

クロガネの実力を疑っている訳ではなかったが、染み付いた習慣を止めることはできない。全員が反射的に武器を手にしたその時、荷馬車を覆う布が開き、ぬうっと男が顔を出した。

「悪いが俺の話は声を抑えてくれ。気になって進めん」

クロガネはそれだけ言うと顔を引っ込めた。

荷馬車が再び動き出す。

「被ってない」

「被ってないいな」

「被ってないわね」

「……分かったよ」

ついに敗北を認めるハジクだった。

「あのー……キャラって何ですか？」

グシュッ。〈アンティ・アント〉の硬い体があっさりと貫かれる。

その一刺しで間違いなく蟻は絶命したが、剣は止まらなかった。死体を串刺しにしたまま更にうなりをあげる。

ヴンッ、という音と共に、男は数メートル半円状の草を薙いだ。

やがて木の葉のようにヒラヒラと落ちてきたのは、男の背後を狙った蛾のモンスター〈モルブル〉（レベル4）の変わり果てた姿。

〈モルブル〉単独ではさほどの脅威ではないが、〈アンティ・アント〉や〈ニル・ビー〉とセットで現れた場合、意識が逸れた隙に麻痺毒のある鱗粉を放ってくるため注意が必要だ。

何より鬱陶しいのは、捉えどころなく舞い、斬るにも刺すにも難しいことだ。俺は大抵賢者に退治をお任せしているのだが、それを真っ二つですか。

串刺しにした蟻は、薙いだ際の遠心力で彼方へ飛んでいった。同時に、周囲にいた〈モルブル〉が発生した風に乗って逃げていく。だが男は、逃走を図る〈モルブル〉を指差すと、クイッと招くようにそれを折り曲げた。蛾が吸い寄せられるように男のもとへ戻っていく。

おお、あれが……

自ら射程圏内に入ってきた〈モルブル〉に、今度は静かに剣を振り下ろす。

二枚になった〈モルブル〉が音もなく散った。

「見た？　お兄ちゃん。【挑発】ってあーいう風に使うんだよ？」

「うっ、まだ根に持ってんのか」

「そうじゃなくて、ちゃんと覚えてほしいの！　皆が危ない目に遭ったんだから」

「分かってるよ……」

「それにしても凄い腕前ですね、クロガネさん。あの大剣で〈モルブル〉を斬っちゃうなんて。なかなかできませんよ」

兄妹が騒がしくなる前に、気を利かせたルーツが矛先を変えた。

「そうか？　あれくらい俺だって調子が良ければやれるぜ」

「無理でしょ。〈モルブル〉斬ったことないじゃん」

「あるわ！　一昨日斬ったわ！」

「あれは私の杖が当たって弱ってたからノーカウントだよ」

「なにぃ!?」

「まぁまぁ、落ち着いて……」

せっかくの機転が無駄に終わったルーツは、火消しへと方針を転換した。

一方話題の男、クロガネはモンスターの亡骸を前に淡々と【チェンジ】を唱える。

荷馬車が停まったのは今日三度目だったが、クロガネの戦闘を見たのは初めて。

過去二回はいずれも間に合わず、外へ出たらモンスターが換金アイテムに変わったあとだった。

その豪快にして繊細な剣技を目の当たりにして、思わず声を掛けた。

「思った通り凄腕だな、クロガネ」

心からの言葉だったが、振り向いたクロガネは眉を寄せた。

「……嫌味か？」

「えっ……なんで？」

「あの騎士団長《ばけもの》に勝った奴に言われてもな」

うっ……あの時クロガネもいたんだった。

幸いシズク達には聞こえていなかった様子。

荷馬車での話からも、ルーツ君あたりに今の話を聞かれると面倒だ。

少年が興奮し出す光景が目に浮かぶ。

「あれは……まぐれだよ。調子悪かったんじゃないかな」

「闘志満々だったあの爺《じじい》が、か？」

クロガネの鋭い視線が俺の瞳を捉える。二秒、三秒と目を逸らさない。やがて何かを読み取ることに成功したのか、視線を切ったクロガネはフッと笑った。

「分かったよ。そういうことにしておく」

凄い迫力……幾つだ、こいつ？

「そろそろ日暮れだ。今日はここまでにしよう」

ベテラン冒険者の風格すらある男の提案に、異を唱えるものはいなかった。


食料をたっぷり買いこんだのは正解だった。並べた食べ物があっという間に消えていく。

ほとんど動いていない俺達だったが、腹は減るみたい。荷馬車に閉じこもっていたストレスを、食欲へ変えた男のせいもある。

「明日は……俺の実力を……うむっ……見せてやるぜっ」

「呑み込んでからにして、お兄ちゃん」

クロガネも食卓に加わった。おかげでこの男がどうやって金策していたかも分かった。

クロガネは今回のような運転手などの仕事をギルドから斡旋してもらい、それをいくつも掛け持ちしているらしい。

「そんな依頼ありましたっけ？」

依頼に詳しいルーツがクロガネに疑問をぶつける。

「いや、ない。これは依頼とは違う。俺個人に紹介される仕事だ」

「あ、やっぱりそうですよね。クラス1にも2にもそんな依頼なかったはずです」

話を聞いていたハジクが唸《うな》った。

「うーん、なんかズルくねぇか？」

「かもな。異世界《こっち》へ来てすぐにモンスターを狩りに行ったんだが……狩ってるところをギルドのお偉いさんが見てたらしくてな。何が気に入ったか知らんが、仕事を紹介してくれるようになった」

ギルドから声が掛かるとか怖ろしい奴……

大体、訳の分からない場所に来てすぐにモンスターを狩ろうと思うかね、普通。

「ま、そんなに良いもんじゃないさ。特別、報酬が高くもないことは知ってるだろ？　モンスターを狩るついでのバイトみたいなもんだ。もしお前達の中でやりたい奴がいれば紹介してやるよ」

そう言ってクロガネは荷馬車へ入って行った。早速仮眠をとるみたい。

結局ギルドへの紹介を頼むものはいなかった。

† † †

なんだろう？　食事の前くらいから何となく違和感がある。

それが何か分かりそうで、分からなくて、もやっとした頭を整理するために一人星を眺めていた。

夜の見張りは二人組の三交代制と決まっていた。他の四人は既に夢の中だろう。

そして俺の相方は……

「ロマンチストなの？」

草を座布団にした俺の隣に、ツララが腰を下ろした。

「ロマンチストって……そう見えるか？」

「意外とね」

「ぐぬっ……考え事してただけ」

「ふうん」

そんなやりとりのあと、とくに会話もなく時間が過ぎていく。

ツララと一緒の時はいつもそんなものだ。二人とも積極的に話すほうではないし。

不思議なのは、それでいて居心地が悪い……という感じがしないこと。

何か話さないと――と焦ることもない。

夜の闇の中、黙って星を眺めていた。

星……か。太陽を見ても何も感じなかったのに、無数に煌めく星々にはおかしな現実感があった。

星座などまるで知らないから、それが共通のものなのかなんて分からない。分からないが故に、同じように見えてしまう。きっとそのせいだ。

この星は元の世界と繋がっているのだろうか？

もしかしてあの中に、地球があるのだろうか？

ここはどこなのだろうか？

普段考えないようにしていたことが一斉に溢れてくる。

「考えても……無駄よ」

ぽつり……とツララが呟く。

「え？」

「もう戻れないんだから」

その言葉は紛れもなく、俺の頭の中の問いに答えていた。

「戻れない過去は要らない。私は……今があればそれでいい」

少女は抱えた膝に顔を載せながら、俺の顔を覗き込む。二つの宝石が濡れながら輝く。

その漆黒の瞳には、闇もろとも吸い込まれそうな魔力があった。

ん……なんだ、動悸がする。急に落ち着かなくなってきたし。

あ、あれ？　おかしいな。えーっと……何か話、しないと……

「……髪、切った？」

「切ってない」

32 《ラシアの洞窟》

「タヒトさ～ん！　行きますよ～」

「今行く！」

朝から元気一杯なシズクの呼びかけに答えながら、準備を始める。

「【有給】……これで良しっと」

現れた人形と本体を入れ替える。俺自身は馬車に残って、人形を洞窟へ向かわせるつもりだ。考えたくはないけれど、万が一何か起こった場合は無傷の俺が残っていることと、クロガネに助けを乞えるメリットは捨てられない。

クロガネには「内緒で」と釘を刺しておこう。それだけで、ギルドとの契約上、彼は誰にも他言できないはずだ。

荷馬車を出ると、既に全員が待っていた。

「何してたの？」

「ちょっと保険を……」

「そ」

それだけ返すと、ツララはポケットのユキを撫でる。

追及されないのはお見通しだからかもしれない。

「気を付けてな。日暮れまでには戻って来い」

クロガネの言葉に頷く。

「あぁ、ここは任せた」

「万が一戻らない場合は様子を見に行くことになるが、その場合は追加の料金が――」

「絶対に戻るから！」

日暮れまでには必ず戻る、という決意をクロガネに告げ、《ラシアの洞窟》に足を踏み入れた。


《ラシアの洞窟》は鍾乳洞だった。

二人並んで進めないほどの狭い通路が続き、時折小道と交差していた。道の脇には小さな川……というか水路が流れている。洞窟の壁はどこかから染み出した水に濡れ、白く濁った鍾乳石が光を受けててらてらと輝いた。

光源はルーツが持つ水晶。光の魔法を封じたというその魔法道具《マジック・アイテム》はこの冒険のために彼が用意したもので、昨晩から大いに役立っていた。

必然的に一列になった俺達の先頭を行くのはツララ。その後ろに俺。

水晶を手にしたルーツを中央に据え、シズク、ハジクと続く。誰が先頭を行くか、で一悶着があった。ツララが自ら先頭を行くことを提案したからだ。これにはすぐにルーツが反応した。

「先頭なら僕が行きますよ！」

「ダメね。ここではあなたの長所《すばやさ》が生きないわ」

「うぅ……」

「やっぱり俺しかいないな」

ハジクがここぞと名乗り出る。

「あなたはもっとダメ。その剣、振り回せると思う？」

「ぐぬっ……」

賢者に一蹴された彼らに心の中で合掌して、仕方なく名乗りをあげようとしたところをツララが手で制した。

「やっぱり私が行くわ」

「えー!?　それこそダメですよ！　危ないです！」

黒のローブをグイグイ引っ張るシズクに、ツララが諭すように言った。

「大丈夫。洞窟《ここ》は私と相性が良さそうなの」

「……相性、ですか？」

意味が分からない、と首を傾げるシズク。

俺もシズクと同感だったけれど、賢者がそう言い切るなら信じるほかない。

何を言っても聞かなそうな顔、してるし。

「分かった。すぐ後ろに俺がつくよ」

「ありがとう」

礼を言うツララは何故か少し嬉しそうだった。


そんなやり取りを経て、この隊列ができあがった。ただでさえ狭いので、前を行く者との間隔をある程度空けないとモンスターが出た時に対応できない。

かといってあまり中央のルーツから距離をとりすぎると、水晶の光が届かず周りが見えなくなる。

そんな微妙な間合いを計りながら、ゆっくりと行進した。

ふと、前を歩くツララの足が止まる。

「モンスター」

短く呟いた彼女の視線の先には、レベル6のトカゲ型モンスター〈ガー・スロウ〉が壁にへばりつき獲物を待ち構えていた。普段ほとんど動くことはないらしいが、敵や獲物を前にすると恐ろしい俊敏さを見せるという。体の三分の一を占める大きな口と乱杭歯《らんぐいば》は、人の体なんて簡単に噛み千切ってしまう。

《ラシアの洞窟》で最も出現率が高い、厄介なモンスター。

ツララは動かなかった。

杖を下ろし、そばの岩壁に手を当てた妙な格好で佇む。

賢者と怪物の睨み合いだ。

やがて、〈ガー・スロウ〉はいつまで経っても向かってこない獲物に痺れを切らしたのか、ヒタヒタとゆっくり近付いてくる。

ピチャッ！

〈ガー・スロウ〉の前足が、岩に溜まった水を弾いた。

同時にツララが唱える。

「【氷手《アイス・タッチ》】」

ひゅうっ、と冷気が洞窟を駆けた気がした。それに気を取られ、目を逸らした訳じゃない。あまりに一瞬で見逃してしまったのだ。〈ガー・スロウ〉が氷の彫像と化すところを。

【氷手《アイス・タッチ》】。ツララが初めから使えた三つの氷魔法のひとつ。

触れたものを凍結させてしまう魔法。正直、彼女からこの魔法を聞いた時は微妙だと思った。魔法のくせに、対象にわざわざ触れなければいけないなんて使い勝手が悪い、と。

「あら、いろいろ応用が利いて便利よ？　私はこれが一番得意」

なるほど。水を伝って冷気を送り込めるなんて、ね。

静かに、素早く発動したその魔法は、ツララが言うだけの効果があった。確かにこの魔法があれば、《ラシアの洞窟》は彼女にとって相性が良い場所といえる。

なにせいたるところに水があるのだ。

「モンスター」

息吐く間もなくツララが呼び掛ける。

おい、こいつはどうするんだ？　飛んでるのは！

いつの間にか音もなく近付いていた黒い影は、ツララまで既に一メートルの距離もない。

ドスッ、ドスッ、ドスッ！

だが、返り討ちにあった。

「にー」

ユキの誇らしげな声が洞窟に響く。

我が相棒に死角なし。ユキの魔法は既に解決済みだった。

あれ……俺の出番、なくね？


ツララとユキが近寄るモンスターをことごとく撃退しつつ、狭い通路を暫く歩くと少し開けた場所があった。そこで待ち受けていたのは、先ほどユキに瞬殺された黒い影の正体、レベル５の蝙蝠《こうもり》型モンスター〈ラキッド〉の大群。

一匹ではさほどの大きさでもない蝙蝠が幾重にも折り重なり、巨大な黒いシャンデリアとなって天井にぶら下がっていた。

シャンデリアが俺達の動きを感知してもぞもぞと蠢《うごめ》く。

正直、気持ち悪くて近寄りたくない、と思ったがそんなことは飢えた戦士には関係ないようで。

先手必勝とばかりに、剣の自由を得たハジクが飛び出して戦闘が始まった。

ブワッと一斉に飛び立つ〈ラキッド〉目掛けて、ハジクが剣を振り下ろし、一匹を叩き落した。

クロガネのように真っ二つとはいかないまでも、〈モルブル〉よりも更に素早いと思われる〈ラキッド〉を捉えるあたり、昨日の発言はハッタリではなかったのかもしれない。

シズクとルーツもハジクのあとに続いて駆け出す。

シズクは僧侶といいながらも今のところ回復魔法しか使えないため、前線に出ることを厭《いと》わない。

そしてその戦闘センスはなかなかのものだった。

「えいっ」と可愛らしい声を上げながら巨大な鈍器と化した杖で〈ラキッド〉を殴り落としていく。

ルーツも今日は好調らしい。流れるような動きで複数のコウモリを相手していた。

乗り遅れた俺は、襲いかかるラキッドを待って【Excil《エクシル》】を唱える。最短距離。

それだけをイメージしながら突き出した『スモール・ソード』が、ラキッドの頭部を穿《うが》った。


「いや～、俺の出番ないかと思っちゃいましたよ～」

「凄かったもんね、ツラランさん！」

鬱憤《うっぷん》を晴らせて満足そうな兄ハジクと、子犬のようにツラランを見上げる妹シズク。

辺りにはハジクのストレス解消の犠牲となった哀れな蝙蝠達が転がっていた。

ツラランは長時間先頭を行って疲れていたのか、それとも出番を譲ったのか、俺達が戦っている間、後方に下がっていた。

今のところ疲れた様子はないので、後者の気がする。

「あなたも格好良かったわよ、シズクさん」

「きゃー！　ツララさんに褒められました！　ね、聞いた？　お兄ちゃん！」

「あー、聞いた聞いた」

「む。聞いてない？」

「聞いてるっつーの！」

「適当だなぁ。そういえばさっきも私の近くで剣振《それ》り回すし、適当なんだよ、お兄ちゃん。当たったらどーするの」

「それは関係ないだろ！」

などとじゃれているが、離れて見ているとハジクが妹を庇うように戦っていたのが良く分かった。当人《シズク》は気付いていないようだけれども。

道幅はだいぶ広くなり、隊列を組む必要はなくなった。その代わりに途中から完全に水路と道が一致したようだった。足元には深さ五センチほどの水が流れ、歩を進めるたびにピチャピチャと音が立った。モンスターは〈ラキッド〉の群れ以降姿を見せない。多少訝しく思いながらもすいすいと洞窟を進んでいく。出ないに越したことはないからね。

そして十分ほど歩いただろうか。

突然視界が開けた。

およそ洞窟内とは思えないほどの広い空間。

見上げるほど高いドーム型の天井には、二つの大きな穴が空いており、外の世界から陽光が差し込んでいた。降り注ぐ光が交差するその場所は、周囲を浅い水路に囲まれた中州になっており、水に浮かぶ島のようにも見える。そこが俺達の目的地、ラシアが咲き誇る花の園だった。

けれども。皆の視線を奪ったのは、一面を青く染め上げたラシアの花ではなかった。

島の中央に、一人佇む少女。

ツララやシズクと同じくらいの年齢だろうか。遠目でも美しいと分かる顔立ちに、腰まで伸ばした艶やかな黒髪。そして彼女の身に着けている服……あれはどう見ても和服。

まるで彼女自身もラシアの花のように、鮮やかな青の和製ドレスを纏っていた。

天からの二つの光を浴びて青の園に立ち尽くすその姿は、舞台のワンシーンのようだった。

「誰だ……あれ」

絞り出したハジクの声に答えるかのように、少女がこちらを向いた。

「こんばんは」

誰も答えることができない。

「嫌だ、朝だったわ。時間の感覚がなくて……ごめんなさい」

またしても反応する者はいなかったが、少女は一人続ける。

「あなた達もお花を摘みに来たのよね。ごめんなさい、もうすぐ終わるから。まさか人が来るなんて思わなかったの。今日は誰も来ないと出ていたはずなのに……。だから外に出るのは嫌いなのよ。何一つ思った通りに行かない。服は汚れるし、匂いは気になるし、良いことなんてないわ。あぁごめんなさい。あなた達には関係ないことよね――あら？　あなた達、おかしな匂いがする。これは……賢者ね。間違いないわ。間違うはずないもの。でも、こっちの匂いは……分からない。これは何？　ううん。ダメ、匂いだけでは……足りない」

少女が消えた。

え……？　何だ、今の？　消えた？

幻――

チュルッ。

頬を何かが這う。そのねっとりとした感触のせいか、ゾクゾクと体の奥底から何かが込み上げてくる。凍りつきながらも、かろうじて目だけ動かす。すると吐息を感じるほどの距離に、島から消えたはずの少女がいて――チロリと自らの上唇を舐めていた。

「あなたは……何？」

不思議そうに目を見開く少女。

「賢者……ではない。似ているのに、全く別の匂い。不思議ね」

「のわっ⁉」

十メートル以上離れた場所にいたはずの少女が突然消え、気付いた時には頬を舐められていた。

驚きと薄気味悪さとその他諸々で思わず仰け反る……が彼女からは逃れられない。

「な……」

いつの間にか少女のひらひらした袖で包み込まれるかのように、首に腕を回されていたのだ。

「魔法使い……いいえ、どちらかというと魔法そのもののような……」

その言葉に戦慄が走った。この子まさか……俺が魔法で生み出した人形だと気付いてる!?

真剣な表情で見上げる少女。その距離が徐々に縮まっていく。人形といえども感覚は同じ。少女の吐息が感じられるほどに、同じなのだ。

「いや、ちょっと！」

「動かないで。もう少しで……分かりそうなの」

艶を増した桜色の唇が近付いてくる。

しかも今度は正面。必然的に、唇と唇が触れ合う……寸前だった。

「離れなさい」

洞窟に流れる水も凍てつくツララの声。

決して威圧的ではないが、有無を言わせぬ強制力があった。少女が寸止めしたのも頷ける。

しかし彼女が止まったのはそれだけが理由ではなかったようだ。

「……杖を向けるのは、敵対行動とみなされてもおかしくないかと」

ツララの手にした『青水晶の杖』が、ピタリと少女に向けられていた。

「あなたは敵よ」

ツララが断じる。

「あら酷い。けれど……この距離で魔法を使えば彼も危ないかも」

相変わらず俺の目の前で受け答えする少女の警告に、ツララはふっと笑った。

「構わないわ」

へ？

「蹴り倒したい気分なの——二人まとめて」

ま……まとめるな！　なんで俺もなんだよ！

そんなツララに一瞬目を見開いた少女もまた……笑う。

「ふふっ」

「うふふふ」

ラシアの花畑をバックに、美少女二人が笑顔で見詰め合っている。

本来であれば絵になる光景なのだが……この薄ら寒い空気は何？

シズク達は二人の生み出した空気に呑まれて言葉が出ないようだ。ハジクはあんぐりと口を開けたまま固まり、ルーツは挙動不審。「ひゃっ」とか「はうぅ」とか呻《うめ》いているのはシズク。

実際には、大した時間ではなかったかもしれない。けれどもたいそう長く感じられたその微笑みの応酬は、ツララの冷徹なる一言で終止符を打った。

「二度は言わないわよ」

悪寒が本物の冷気に変わろうとしている。

おい、ツララはマジだぞ……。そろそろ離れて、お願いだから。

心の声が伝わったのか、少女はようやく首から手を解いた。

しゅるり、と振袖が首筋を撫でる。

離れていく少女の右手……その指先から赤い光が放たれた。

――今度こそ間違いなく見えた。

少女が消えるところを。どこへ行った⁉

「怖い人……」

少女の声は、再びラシアの花畑から聞こえた。戻ったのだ。今の一瞬で。

あり得ない……今まで見た中で最速のルーカスでさえ、この距離を瞬時に移動するのは不可能だ。速いとかそういったレベルではない。

魔法……それも俺の【早退】のような……転移系の魔法に違いない。

「あなた……賢者のあなた、名前は？」

「……」

何故か少女はツララのことを賢者と確信している。

「あぁ、ごめんなさい。こちらから名乗るべきよね。私はナユ・ハナヤ。あなた達にはこう言ったほうがいいかしら。葉納谷菜遊《はなやなゆ》」

「……白雪つらら」

少女――ナユの名乗りに答えるツララ。相手が日本人であることが、ツララの警戒心を僅かに緩めたのかもしれない。

「シラユキさん……それで、あっちの人は？」

俺を指差すナユ。

「あなたが知る必要はない」

ツララはきっぱりと言い切った。彼女の警戒心はたった五秒で元に戻ったらしい。

「そう？　彼とは縁を感じるのだけれど」

「錯覚よ」

「そうなのかしら……ところで私達は初めて？　どこかで会った気がするの」

「気のせいでしょ。私はあなたを知らない」

「おかしいわね……シラユキさんの得意な魔法は？」

「あなたに答える必要はない」

「それもそうね」

先ほどと似たようなツララの答えに、今度は同意したナユが視線を切った。

すっとナユが右手を掲げる。

彼女の格好には少し不似合いともいえる、大きな赤い石の嵌まった指輪が見えた。

その指輪が煌めく。

すると、少女の手から赤い閃光が走った。

紅の光……正体不明の魔法がツララに迫る。

「ツララ！」

賢者は素早く身を屈めると、足元の薄い流水に触れて唱えた。

「【氷手《アイス・タッチ》】」

地を流れていた水が瞬く間にせり上がり、ツララの前に氷の盾が出現する。

楕円を描くその盾は、少女が放った赤い閃光を滑るように弾いた。

弾かれた魔法は洞窟の壁に当たり、ポッと瞬《またた》いて消えた。

「氷、ね……」

そう呟くナユ。

何事か思案を巡らし始めた彼女。手元の指輪、そして足元が赤く輝いている。

目を凝らすと、うっすらと魔法陣のようなものが見えた。

今度は何だ？　さっきの魔法とは明らかに規模が違う。

これ以上は……好きにさせない。

「【遅刻】」

ナユとの位置関係は最高だった。今まで放った【遅刻】の中でも最速だったと思う。

【Excil《エクシル》】なしでも完璧に少女を捉えていた俺の魔法は……ナユへ直撃する寸前でぐにゃりと曲がった。

「え!?」

軌道を逸らされた【遅刻】が、ラシアの花畑の中へ消えていく。

ナユは逸れた魔法を暫く眺めたあと、ゆっくりと頭を下げた。

「試したようでごめんなさい。それと、魔法陣《これ》は違うの。大したことはないから気にしないで。あなたの……今の魔法のほうがとっても面白い。魔法に当たったラシアが泣いたり怒ったり……寝た子もいるわね」

「花が……泣いてる？」

俺が思わず呟くと、ナユがこちらを見て頷く。

「私には分かるの。あぁ……もう時間ね。残念だけれど、お別れみたい」

赤い魔法陣が光を増し、徐々に鮮明になっていく。

「今日の続きはいずれまた……きっと会えるわ」

ナユの視線が俺とツララとの間を行き交った。

「お花は少し持って帰るけど、あなた達の分はちゃんとあるから安心して」

しゃん、とナユが腕を振ると、彼女を中心に地下から円筒状の光が立ち上った。

「それでは皆さん、さようなら」

お辞儀した少女は赤い光に包まれ——消えた。

消えたのはナユだけではない。周囲のラシア……というか地面そのものがぽっかりとなくなっている。

なんだったんだ……

ごっそり消えた空間を前に呆然と立ち尽くす俺達をよそに、ツララは吐き捨てるように言った。

「次会った時は氷漬けよ」

33　星夜

「ふ〜、大分採れましたね」

　ルーッが額の汗を拭う。彼の前には大量に刈り取ったラシアの花が積み上がっていた。

　ナユと名乗った少女が去ってから暫く、俺達は起こった事態についてあれこれ議論していた。あの子は誰だ、あの魔法は何だと次々に疑問は噴出するが、誰も答えを持ち合わせていなかった。

　あれほどの魔法を使うのだからルーッあたりは知っているかと思ったが、彼も知らなかった。そのうち話は、ナユの魔法を防いだツララが凄かったとか、凄い迫力だった——何が、とは誰も言わなかった——とか、徐々にただの感想にシフトしていく。

　ナユの和装ドレスが綺麗だった、そもそもあの子が可愛かった、という少女の容姿にまで言及するようになり、最終的には「兄貴だけズルいっす」ということになった。

　結論には納得できなかったが、その頃になってようやく目の前の青い花が目に留まり、本来の目的を思い出す。もやっとした気持ちを抱きながらも、作業を開始したのだった。

「これ以上は……持てないんじゃないかなぁ」

　花のピラミッドの下でちょこんと膝を抱えたシズクが苦笑した。

「俺はまだいけるぜ？」

「モンスターが出ること忘れてるでしょ、お兄ちゃん」

「そ、そうだった……」

シズクの言う通り、もう十分かな。荷馬車までこれを手で運ばないといけない訳だし。

「じゃあ花を束にして紐で括ろう。引き続き、穴には落ちないように気をつけて」

「はい、兄貴！」

「はーい！」

「了解です」

ナユが残した穴はかなり深く、底が見えないほどだ。落ちたらどうなるか……想像もしたくない。


「…………オォォ」


うん？　何の音だ？　穴のほうから聞こえた気がしたけれど……

丁度近くにいたツララに聞いてみる。

「ツララ、何か聞こえなかった？」

「……」

「ツララ？」

「……」

「ツララ……さん？」

「聞こえない」

ツララの激おこモードは継続中みたい。そう言えばさっきの話し合いにも全く参加してなかったな……。触れると凍傷しそうなので、そっとしておこう。

「ルーツ君、何か聞こえなかった？」

「いえ……何も。風の音ではないでしょうか？」

「……そっか。うん、そうかもしれないね」

この場所は天井に二つの風の入り口がある。そこから流れ込む風が、洞窟内に反響したのかもしれない。

「タヒトさん、花束できました」

ルーツが縛り上げた花の束を見せる。

「あぁ、了解」

周りを見渡すと、皆も作業を終えたようだった。

「良し……帰ろうか」

残された空洞を一瞥して、花束を手に取った。

† † †

まずいな……。これは本当にまずい。

どれほどまずいかというと、自分に【遅刻】を放って以来のまずさ。

無事、洞窟から出た俺達は、クロガネと合流し再び街への道のりを進み始めた。

その日の夜、ツララと二人、見張りをすることになった。自然の流れで、昨夜と同じシフトになったのだが……賢者は未だお怒りのようで。

洞窟から夜まで、終始無言である。いくら普段から会話が少ないといっても、激おこの彼女と長時間二人きりなのは流石に気まずい。離れていれば良いのかもしれないが、いくら賢者とはいえ暗闇の中、女の子を一人にするのは気が引ける。

この時間をどう過ごすか脳内で様々なシミュレーションを行ったのだけれど、結局、昨夜と同じように星を見上げるツララの隣に座り、その横顔を見ながら凍傷する覚悟を決めた。

「ロマンチストなの？」

「……」

昨夜の意趣返しのつもりでそう尋ねてみたが、盛大に無視された。

やばい……凍る……

「……そうね」

「え？」

「うん、そうだわ」

「ロ、ロマンチストなの？」

「違う……そうじゃなくって。過去には戻れない。こだわっても仕方ない。分かっていたはずなのに」

あ、そっち?

「大事なのは今。そう、今なのよ。けれど気持ちの整理が……あぁでも……」

一人呟き始めたツララ。

大丈夫か? 彼女のこんな姿は初めてだ。

「タヒト」

「え!? あ、はい」

突然名前を呼ばれて焦る。

「【Excil《エクシル》】、使って」

「なん……分かった」

何故ここで【Excil《エクシル》】なのか全く分からなかったが、せっかくツララが話し始めたので水を差すのはやめた。

「使ったら星を見ていて。そうね……五秒で許してあげる」

「?……了解」

本当に意味不明だ。やるけどさ。

「【Excil《エクシル》】」

「一」

俺の詠唱と同時に、ツララがカウントを始める。

彼女の言う通りに夜空を見上げた。

「二」

闇と星。草原を撫でる風の音と草の匂い、そして隣に座る少女の息遣いと鼓動。

あまり余計なものに気を取られないように、目を凝らした。

「三」

【Excil《エクシル》】を通して見る星は、普段とあまり変わらなかった。存在が遠すぎて得られる情報が乏しいからかもしれない。無数の星をただ漫然と眺める。

「四」

ふと、目に留まる星があった。他の星と不自然に距離が開いていたからかもしれない。数えきれない星々の中で、何故かぽつんと孤立しているように見えた。光の気紛れ、と頭では分かっている。しかしそれは、いつかの自分のようで。そして時折垣間見える、誰かの傷のようで、思わず目を細めた。

「五」


星が消えた。

視界が何かに遮られたのだ。いや、なくなったのは視界だけではない。呼吸も止まった。

ツララの唇が重なっていたから。

「～～～～～～!?」

・・・・・

それからの五秒間は、圧倒的だった。

人生の中で最も長く短い五秒。混乱は【Excil《エクシル》】によってすぐに収束した。

代わりに、塞がった唇から伝わる柔らかな感触、温もり、湿度まで、あらゆる情報がこれでもかと脳に送り込まれてくる。それは強烈な恍惚感を呼び覚ました。

後頭部へ抜けるような衝撃が波のごとく何度も襲ってくる。

おかしくなりそうだった。

やがて、彼女がゆっくりと顔を上げる。

「これで良い……はず。少しずるかったかもしれないけれど、気持ちを整理するには、上書きしかなくて」

ツララの言葉は頭に入ってこなかった。

「ごめんなさい。でも……もともとはあなたがしっかりしていればあんなこと……タヒト?」

意識が遠のいていく。

「ねぇ……大丈夫?　あっ……ちょっと」

最後の力を振り絞って、ツララのほうへ倒れこんだ。

夜空に煌く星々と、珍しく不安げな彼女の綺麗な顔が見えた。

エピローグ

少女は広大な花畑の中を一人歩いていた。

一面に咲き乱れる花達は色とりどり、という訳ではない。花畑は色によってきっちりと区分けされており、もし上空からの視点があるならばそれぞれ正方形の区画を成しているのが分かっただろう。少女が歩く区画は、彼女の振袖に合わせた青の花で統一されていた。

やや丈の短いドレス状の裾から覗く白い太腿は、世の男達の視線を釘付けにする鮮烈な色香を放っている。そんな彼女の露わになった足が止まる。

目的の人物を見つけたからだ。取り込み中のようだったが、構わず声を掛けた。

「はずれましたよ、ユウハ」

膝を折って花に水をやるユウハと呼ばれた少女は、ビクッと顔を起こしたあと、素早く何かを掲げた。それはA４ほどのサイズの用紙。

『おかえりなさい』

ユウハが掲げたその紙には、そう書かれていた。

「あらごめんなさい、ただいま」

挨拶は忘れちゃダメね、とナユは頭を下げる。どうやら興奮のあまり気が急いていたようだ。とはいえ今日あったことを告げねば話は進まない。コホン、と一息ついてナユは続けた。

「今日《ラシアの洞窟》へ行ってきたのだけれど……はずれましたよ、あなたの占い。時間通りに行ったはずなのに人が来ました」

その言葉を聞くや否や、ユウハは無表情かつ素早い動きで筆を取り出し、サラサラと何かを書き始めた。

やがてユウハがバッとナユの目の前に突き出した紙には、こう書いてあった。

『申し訳ありません！　申し訳ありません！　この失態の責任は如何《いか》ようにも！　ハラキリでもセップクでも如何ようにも!!』

花の香りをふんだんに含んだ風が、無表情のユウハが掲げる紙をひらひらと揺らす。

その様子を暫くじっと眺めてから、ナユは溜息を吐いた。

「はぁ……誰に教わったか知りませんが、ハラキリとセップクは同じ意味ですよ」

あっ、といった感じで僅かに口を開け、再び筆をとるユウハ。

『それは存じませんでした！　ではジガイ！　ジガイでは如何《いかが》!?』

「ジガイも大して変わりませんよ、死ぬんですから。というかあなた、意味分かってます？」

『え!?　死ぬんですか!?　それはご勘弁！　ご勘弁ください!!』

やっぱり分かってなかったのね、とナユは再び溜息を吐いた。

それを落胆と見たのか、ユウハは体を小刻みに震わせ、やがてかくんと首を落とした。

「別に怒ってませんよ。おかげで面白い人達に出会えましたから。いろんな香《かぐわ》しい匂いが混じっていましたが……中でもとびきり素敵な方が一人」

恍惚とした表情で語るナユ。その蕩《とろ》けた表情は同性のユウハの目すら釘付けにする。

「とっても良い匂いで……面白い魔法を使うの。あぁ、あの方となら完成するかもしれない。才なき私の欠けた穴を埋めてくれる……そんな予感がするわ」

そこまで聞いたユウハはハッと我に返る。

『才がないなどとは賢者様のお言葉に相応しくありません！　ご撤回を！　ご訂正を！』

ユウハを一瞥して、ナユはふっと笑う。

「賢者はもうやめたの。今はただの花屋よ」

そう言い切った元賢者は、未だ紙を掲げたままのユウハへ近付き、吐息のかかる距離で囁いた。

「ユウハ、もう一度占ってください。私の魔法を完成させるために」

超人気異世界ファンタジー THE NEW GATE
スマホアプリ絶賛配信中！
THE NEW GATE
ザ・ニュー・ゲート
スタートダッシュキャンペーン開催中!!!
ゲームを始めるだけで豪華アイテムをプレゼント！
大迫力の本格バトルRPG ここに開幕——！
【Android】Google Play
【iOS】App Store
でダウンロード!
公式サイトはこちら
http://game.the-new-gate.jp/
©Shinogi Kazanami ©AlphaPolis Co., Ltd. キャラクター原案: 魔界の住民・三輪ヨシユキ

Re:Monster
ゲームアプリ解放中《リリース》!
45万ダウンロード突破!
※2016年8月31日時点
App Store無料ランキング（ゲームカテゴリ）2位!
※2016年2月25日時点
Google Play™国内アプリ新着無料ランキング3位!
※2016年2月26日時点
原作キャラも続々登場!
喰えば喰うほど強くなるRPG!
Re:Monster
リ・モンスター
～ゴブリン転生記～
書き下ろしマンガも公開中じゃよ
詳しくは
http://remonster.jp/
にアクセス!
©2000-2016 AlphaPolis Co.,Ltd. All Rights Reserved.
【Android】Google Pla
【iOS】App Store
で好評配信中!
携帯サイトはこちらから

とあるおっさんのVRMMO活動記
PCオンラインゲーム
絶賛サービス中!
ワンモアフリーライフオンライン
とあるおっさんのオンライン活動記
上級クラス実装で
新たな展開へ!
キャラクター固有のスキルを自由に組み合わせ、
自分だけのコンビネーションを繰り出そう!
詳しくは http://omf-game.alphapolis.co.jp/ へアクセス!
©2000-2016 AlphaPolis Co.,Ltd. All Rights Reserved.

うめき うめ

愛知県在住。とあるアニメがきっかけで原作を読み始め、ウェブ小説へ辿り着く。2016 年から自ら小説の連載を開始、「破賢の魔術師と賢者の花嫁」でたちまち人気を得る。2016 年 10 月、アルファポリスより改題を経て同作で出版デビュー。

イラスト：ねつき
http://netuki.tumblr.com/

本書は Web サイト「アルファポリス」（http://www.alphapolis.co.jp/）に投稿されたものを、改題、改稿のうえ、書籍化したものです。

破賢《はけん》の魔術師《まじゅつし》

うめき うめ

2016年 11月 1日初版発行

編　集－太田鉄平
編集長－塙綾子
発行者－梶本雄介
発行所－株式会社アルファポリス
〒150-6005東京都渋谷区恵比寿4-20-3恵比寿ｶﾞｰﾃﾞﾝﾌﾟﾚｲｽﾀﾜｰ5F
TEL 03-6277-1601（営業） 03-6277-1602（編集）
URL http://www.alphapolis.co.jp/
発売元－株式会社星雲社
〒112-0005東京都文京区水道1-3-30
TEL 03-3868-3275
装丁・本文イラスト－ねつき
装丁・中面デザイン－AFTERGROW
印刷－中央精版印刷株式会社

価格はカバーに表示されてあります。
落丁乱丁の場合はアルファポリスまでご連絡ください。
送料は小社負担でお取り替えします。

ISBN978-4-434-22594-9 C0093